JN286762
鬼の求婚
~桃太郎の受難~
「カワイイな。似合うぞ。ふーん、
確かに肌触りはなかなか。さすが、お子様用」
「か、わ……嬉しくないっ！
褒めてない！　ゃ、め……触んなっ」
　肌触りを確かめようとしてか、
腰骨の辺りから尻まで撫で回されて、
「ヤメロ」と繰り返しながら身体を捩る。

は薄くマロン色に染められ、先端で軽くカールがかけられている。

細面だが、身のこなしのしなやかさと鋭い目つきが女豹《めひょう》を思わせる。

その逆三角形型の目で相手を一睨《にら》みすれば、誰もが平伏する。

二年生には副部長を務める妹の聖子《せいこ》がいる。

「睦美様」

野獣のような声が呼びかける。

「どうしたの？　一緒に入りたいの？」

「め、滅相もございません」

曇りガラスの向こうには醜悪な怪物がいた。

田中舘光国《たなかたてみつくに》。年齢は六十歳。

とにかく大柄な男だった。身長は一九〇センチを超えているだろう。体重は一〇〇キロ。その顔は丸く痘痕《あばた》だらけである。歯は乱杭歯で、目はギョロリと大きい。視力が悪く、黒縁で分厚いレンズの眼鏡をかけている。声は濁声《だみごえ》で、いつも怒鳴《どな》っているような大声で話す。だが、日本史、日本文化に関する知識は人間ウィキペディアと呼ばれるほど凄《すさ》まじいものだった。

醜悪な怪物――田中舘光国はヒミコ女学園の日本史教師だった。また〈SOJ〉の顧問でもある。

睦美は田中舘をからかうとフフッと笑った。

田中舘は、ギャンブルで膨大な借金をこしらえて、その借金を団子坂家に肩代わりしてもらい、代わりに団子坂家に忠誠を誓う立場へと転落していた。

「近々〈和風研〉との文化討論があるかもしれないわ」

「そうでしょうかの」

田中舘はくぐもった声で応える。

「用心に越したことはないわ」

湯の音が聞こえている。

「たしかに」

田中舘は唾《つば》をゴクリと飲みこんだ。

「そのバトルで〈和風研〉を叩《たた》きのめせば、睦美様の野望は完成しますな」

この男、わたしに惚《ほ》れてるのかしら?

そんな気がした。

(教師の分際で)

いやその前に、いくら独身とはいえ六十歳の男が十八歳の女子高生に惚れるなんて……。

(犯罪よ)

たしかに法律的には惚れるのは自由だけど、それを口に出すことは許されない。

（特にこのヒミコ女学園ではね！）

だが睦美の顔には笑みが浮かんでいる。

（わたしに惚れてるのなら、それも結構。野獣をからかうのもおもしろいわ）

水を弾く音を立てて睦美が湯船から立ちあがった。

「田中舘先生の言う通りよ」

睦美は、教師である田中舘を呼び捨てにはせず、きちんと〝先生〟をつけて呼んだ。

「そのバトルで〈和風研〉を倒せばわが野望は成就する。でも油断は禁物よ」

睦美は自分の裸の胸に手を当てた。

「文化討論でわが部が負けるようなことは万が一にもあってはならないけれど、それでも獅子はウサギを倒す時にも全力で倒すというわ」

「御意」

「手は打ってあるわね？」

「もちろんです」

田中舘の声に、いくぶん自慢げな様子が含まれた。

「〈和風研〉の部員を一名、減らすことに成功しました」

睦美はバスタブに屹立《きつりつ》したままパチンと指を鳴らした。

「これで明日中に新しい部員がひとり入らなければ〈和風研〉は廃部になります」

「でかしたわ」

曇りガラス越しに睦美の立ち姿がうっすらと透けて見える。

〈和風研〉の廃部は決まったも同然ね」

「まだまだ油断は禁物と仰ったのは睦美様の方です」

田中舘はピシャリと言った。

「睦美様に調査を命じられたあの者が、わがヒミコ女学園に入学しています」

「そうだったわね」

「その者の動向が決まらぬうちは……」

「田中舘先生」

「はい」

「田中舘先生は千利休《せんのりきゅう》がどうして豊臣秀吉《とよとみひでよし》から切腹を命じられたのか知ってるの？」

「ハッキリと決まった定説はありませんが……」

田中舘は首を捻《ひね》った。

「それが何か？」

千利休は織豊《しょくほう》期の茶人で、千家流、茶の湯の開祖だ。

秀吉とは、たいそう仲がよかったから、どうして秀吉から切腹を命じられたのか、その理由についてはいろいろと説かれているが、決定的な証明は成されていない。

またどうして団子坂睦美がとつぜんそのような質問を発したのかも田中舘は理解できなかった。

「次のバトルのテーマは千利休よ」

「そうだったのですか」

「念のために二条院鞠子《にじょういんまりこ》に準備しておくように手配してください」

「二条院鞠子……」

田中舘の顔色が変わった。

「そこまで必要ですか？」

「用心に越したことはないのよ」

「御意」

田中舘は大げさな相槌《あいづち》を打つ。

「しかし睦美様」

「なに？」

「睦美様はどうしてそのように執拗《しつよう》に〈和風研〉を廃部にしたがるのです？」

「それは……」

睦美は目を瞑《つむ》った。

「小田部夕子《おたべゆうこ》が悪魔だからよ」

「え？」

田中舘が思わず声をあげる。

「悪魔とは？」

睦美は答えない。

「小田部夕子と睦美様のご関係は？」

「田中舘先生が知らなくてもいいことよ」

「失礼しました」

「自分で躯を拭くのがめんどくさいわ」

「え？」

曇りガラスのドアがバッと開いた。

「田中舘先生。拭いてちょうだい」

田中舘の目の前に、全裸の睦美が立っていた。

*

四月半ば――。

桜散る歩道で北浦《きたうら》つばさは鞄《かばん》の中からトーストした食パンを取りだした。

北浦つばさは田園希望ケ丘《でんえんきぼうがおか》駅から徒歩七、八分ほどの位置にある私立ヒミコ女学園の一年生だ。

身長一六〇センチ。出るところもバッチリと出ているナイスバディの持ち主。どちらかといえば丸顔だが、形のよい輪郭《りんかく》をした顔の、ほどよい場所に、パッチリとした、よく動く目が収まっている。濃い黒髪は、頰《ほお》の辺りまでと短めだ。

セーラー服に、限界ギリギリまで短くしたミニスカート――私立ヒミコ女学園の制服がよく似合っている。

「ねーちゃん」

食パンを見て北浦正樹《まさき》がギョッとする。

「なんでそんなもの出すんだよ⁉」

家を出るときにつばさが鞄の中にトーストした食パンをビニール袋に包んで入れたような気がして、正樹も気になってつばさと行動を共にしていたのだ。

「作戦よ」

北浦つばさは不敵な笑みを浮かべた。

田園希望ヶ丘駅から歩いて六分ほど経った住宅街の曲がり角の五メートルほど手前である。

正樹はつばさの弟で、やはり田園希望ヶ丘駅から徒歩十二、三分ほどの位置にある中高一貫の男子校に通っている。特に特徴のない男子中学生である。

「何の作戦だよ」

「イケメンとお近づきになる作戦よ」

つばさはしゃがんだ。正樹も、つられるように一緒にしゃがむ。細い路地だから、通行人はいない。

「まずバターを塗る」

つばさはパンをビニール袋から出すと、鞄の中からバターケースとバタースプーンを取りだした。

「バターも持ってんのかよ！」

「バターがなければパンを食べれないでしょうが」

「いや、そーゆー問題じゃなく」

「たしかにジャムも必要よね」

つばさは鞄からいちごジャムの瓶とスプーンを取りだした。

「我が家の冷蔵庫は今どうなってんですか？　てかバターよく溶けなかったな」

つばさは鞄の中をチラリと見せた。

「保冷剤！」

正樹の驚きをよそにつばさはバターを塗ったパンにジャムを重ねて塗り始めた。

「道の真ん中で何やってんだよ！　朝食は食べてきただろ？」

「食べてきたわ。ご飯と味噌汁《みそしる》。納豆。正樹は納豆に卵を入れる派だよね」

「ウズラの卵なら入れるよ。ウズラの卵を割る器具も買ったし……ってそういう事じゃなく！」

「大きな声を出さないで」

つばさは正樹を手で制した。

「これを口に銜《くわ》える」

つばさはバターといちごジャムを塗った食パンを口に銜えた。

「意味わかんないんですけど！」

「ほれをふわえたままはひってつひのかろをまらったほころでイケメンとぶふかるさくへん」

「これを銜えたまま走って次の角を曲がったところでイケメンとぶつかる作戦って

「……どこまで偶然性に頼った作戦ですか」

「フフ……甘い。フーターズのチェリーパイのように甘い」

つばさは銜えた食パンをいったん手に持って答えた。

「フーターズって知りませんし」

「この時間にイケメン先生が通るのを調査済み」

「先生？」

つばさはうなずいた。

「英語の潮崎《しおざき》先生。若くてチョーイケメン」

「入学式から間もないのにどうしてそのイケメン先生がこの時間に通ることを調査できたんだよ」

「昨日、この時間にここを通るのを見たのよ」

「そんだけ？」

「人はいつも同じ時間に通学することが多い。福沢諭吉《ふくざわゆきち》」

「福沢諭吉はそんなことは言ってないはず」

「あたしは遅刻しそうになって朝食のパンを銜えたまま走っていた」

「実際にそんな女子高生いないし」

「そしてパンを銜えたまま曲がり角でイケメン先生とぶつかって謝って自己紹介。

〝ああ、君はうちの生徒だね〟〝はい〟〝僕はそこの教師だよ〟〝存じています〟〝そうか。君、名前は？〟〝北浦です……。北浦つばさ〟〝北浦さん。部活は決まったの？〟〝〈和風研〉です〟」

「ストップ」

　正樹はつばさの暴走を制した。

「なんだよ〈和風研〉って」

「昨日見つけたのよ」

「そこに入るわけ？」

「生まれ変わるために」

　つばさは中学時代は空手部だった。

「そういえば中学時代は周りの男子が恐れを成して誰も近づかなかったね」

「こんなに可愛《かわい》いのに」

「それは認める」

「だから文化部に入る」

「不純が動機」

「逆」

「とにかく、そんな邪《よこしま》な動機じゃモテないよ。入る部にも悪いし」

「し！」

つばさは人差し指を正樹の唇に当てておしゃべりを止めた。

「八時十三分。そろそろ潮崎先生が通る時間よ」

つばさはスマホで時刻を確認する。

「完璧な作戦。あたし天才」

「たしかにねーちゃんは、あるきっかけさえあれば天才的な頭脳の働きを見せるよ」

「その通り。あたしは天才なのよ。ただ普段はその片鱗《へんりん》さえ見せないだけ」

「見せないんじゃなくて見せられない、だろ。ねーちゃんの天才的頭脳の働きは自分ではどうすることもできないんだから」

「それ、誰にも言っちゃダメよ」

「言えるはずないだろ。女性と」

「バカ！」

つばさは正樹の肩を叩いた。正樹は唾を飲みこんだ。

「だけど部室が心配ね」

正樹がしゃべっている途中でつばさは自分の言葉を続ける。

「部室？」

「そう。〈和風研〉の」

「部室がどう問題なんだよ」

「大問題よ。二度と汚い部屋には戻りたくないから」

姉弟ゆえに正樹にはつばさの気持ちが瞬時に判《わか》った。

姉弟は、生まれてからこの方、ずっと貧乏暮らしを強《し》いられてきたのだ。六畳一間のアパートに家族四人で犇《ひし》めきあうようにして暮らしてきた。

それなのに……。

ある日、父親が家族に内緒で、少し色っぽい保険の営業ウーマンに騙《だま》されるように、分不相応な、保険料がバカ高い多額の生命保険に加入してしまった。

母親の知らないところで家計はますます逼迫《ひっぱく》する状況となった。

ところが……。

騙されるようにして高額生命保険に入って、一回目の保険料を少し色っぽい営業ウーマンに手渡しして間もなく、父親が交通事故で死んでしまったのだ。

保険金目当ての自殺などではない。その証拠に、父親は高額生命保険に家族に内緒で入ったことを後悔して、その保険を解約しようと保険会社まで出かけていったのだ。

その途中での事故死だった。

家族三人は嘆き悲しんだ。

そして家族三人は、ボロアパートから高級マンションへと引っ越した。

つばさのヒミコ女学園への入学も、正樹の中高一貫校への入学も、父親が残した高額の生命保険金がなければ実現しなかっただろう。

「だから、できれば綺麗《きれい》な部室であってほしいなと」

「わかる」

「いざ出陣」

正樹が絆《ほだ》された一瞬の隙をつくように、つばさはバターといちごジャムを塗った食パンを口に銜えて駆けだした。

「根本的に間違ってますその作戦！」

正樹が駆けてゆくつばさの背中に向かって叫んだ。

「そもそもパンを銜えて曲がり角で誰かとぶつかっても、そのぶつかった相手と実際に恋に落ちた例を僕は知りませんし」

だがつばさは全速力で角に向かって走ってゆく。

正樹は目を逸らしながらゆっくりと歩き出す。角でつばさが出会い頭に誰かとぶつかった気配がする。

（ここまでは成功か⁉）

正樹は驚いて視線を上げる。

「痛～い」

つばさが尻餅《しりもち》をついている。角の向こうで誰かがつばさと同じように尻餅をついているようだ。

正樹はおそるおそる歩を進める。正樹にしても角を突っきって進まなければ自分の通う中学に着けないのだ。

徐々に角が近づいてくる。正樹はつばさが尻餅をついている脇をつばさを無視して通り抜けようとする。

（あくまで他人）

つばさはその均整の取れた軀《からだ》を両手を地面につけて支えている。

正樹は角を曲がった。

中年のおっさんが尻餅をついていた。つばさとまったく同じ格好で。しかもバターといちごジャムを塗った食パンを銜えている。

（こ、これは……？）

正樹はおっさんを見た。

「はの」

どうやらおっさんは食パンを銜えたまま「あの」と言っているようだ。ぶつかった拍子に、つばさが銜えていた食パンが、おっさんの口に移ったらしい。

「あたしの食パン返せ！」

そう言うとつばさが尻餅をついているおっさんの口から食パンをもぎ取って自分の口に銜えた。

「いや、今から銜えても遅いし」

てかおっさんの銜えた食パンをまた銜えたりしてイヤじゃないのだろうか。そんなことを考えるより食い気の方が優先か。

（ねーちゃんならありうる）

それにまだイケメン作戦を続行する気なのかもしれない。

「ひょうとうへんへい？」

つばさがまだ尻餅をつきながら、なおかつパンを銜えながら言った。

「教頭先生だと？」

正樹は足を止めた。

（ねーちゃんはイケメン先生とぶつかるつもりが手違いで教頭先生とぶつかってしまったわけか）

姉らしい、と正樹は思った。

教頭先生は小柄で小太り、凸凹した顔に銀縁の眼鏡をかけている。

つばさは、ようやくイケメン作戦をあきらめたのか、口に銜えた食パンをムシャムシャと食べ始めた。

（食べるの早！）

いつも見慣れているのに路上で姉の早食いを見るとあらためて驚く。

（てか路上で食事するなよ）

『ティファニーで朝食を』かホームレス……。

「惚れた」

教頭と呼ばれたおっさんが呟《つぶや》く。

「惚れたとは？」

今までなんとか他人のふりをしていた正樹が思わず私立ヒミコ女学園の教頭先生に尋ねていた。

「この女性に惚れた」

教頭の視線の先にはつばさがいる。

「はあ？」

つばさはまだ尻餅をついたままで、広げた両足の間からスカートの中身が丸見えになっている。

教頭先生はその中を凝視して呟いたのだ。

「うさぎプリント」

「ヤダ！」

ようやく事態に気がついたつばさが足を閉じる。

「うさぎプリントに惚れた」

つばさの顔が引きつる。正樹の顔も引きつる。

「これも運命だ」

教頭が呟く。

「定森康夫《さだもりやすお》。生まれて初めて女性に惚れた」

それまでは男性に？

よく判らないけど。この教頭の名前が定森康夫ということは判った。てか食パン作戦は成功したってことか？ 歪《ゆが》んだ形で……。

「いや、何でもない」

定森教頭はそう言うと咳払いをしながら立ちあがった。

「大丈夫かね」

定森教頭は威厳を取り戻すとつばさに手を差しのべた。まるでイケメン王子様のような優雅な手つきで。

「だだ、大丈夫です」

つばさは明らかに動揺している。

「さあ」

動揺しているせいだろうか、つばさは定森教頭が差しだす手を握った。定森教頭の目の中に星と花が乱舞する。

つばさは立ちあがった。

「仲がよろしいことで」

誰かが声をかけた。正樹が振り向くと若い男性——かなりのイケメンが頬笑みを浮かべて立っている。

「これは潮崎先生」

この男性が……。

たしかにイケメンだ。つばさが一目惚れするのも無理はない。

「あわわわわ」

つばさが焦《あせ》る。

「ボクはお先に」

手をつないで立っているつばさと定森教頭を残して、潮崎は足早に学校に向かった。

*

部室に全部員が集まっていた。

〈和風研〉――。

「部長」

苫斗《とまと》が声をかける。

苫斗マト。ヒミコ女学園の二年生にして〈和風研〉の副部長である。

身長一五〇センチと小柄だ。丸みを帯びた顔と潤んだような丸い目が見事に調和している。髪は頬の下辺りまで垂らしている。

「なに？　トマト」

頭にベレー帽を被り、サングラスをかけ、マスクをしている女生徒が聞きかえした。マスクは花粉対策用で、呼吸と会話が自由にできるように大きな膨らみが施された三次元タイプだ。

小田部《おたべ》夕子《ゆうこ》――。

ヒミコ女学園の三年生にして〈和風研〉の部長である。

身長一六〇センチ。肩まで伸びた髪は美しく、奥二重で瞳は澄んでいる。だがその澄んだ瞳を、今はサングラスで隠している。

「今日、一人部員が入らなければわが部は廃部なのでございます」

苦斗の白い顔が苦しみのためか悲しみのためか真っ赤になった。

「今日までに部員が三人にならないと……」

〈和風研〉の全部員は二人だった。部長の小田部夕子と副部長の苦斗マト……。

「伝統あるわが〈和風研〉がおしまいになってしまうのでございます」

苦斗の目から涙が溢《あふ》れる。

十年前——。

〈和風文化研究会〉通称〈和風研〉は華やかに誕生した。

活動内容は、日本文化を大切にする校風のヒミコ女学園にふさわしく、日本文化の研究である。

具体的には茶道、華道、俳句、歌舞伎などの研究——。なぜ研究するかというと、素晴らしき日本文化を海外に紹介したいという野望のためなのだ。そのためには、まず自分たちが日本文化について詳しく知る必要がある。外国人に質問されたときに判らないところがないように、徹底的に研究する……。

その崇高《すうこう》な目的のために、部員たちは日夜努力を続けていた。

「たとえ今日、奇跡的に入部希望者が現れても、五月末までにもう一人、さらに六月末までにもう一人、合計、部員が五人にならなければ廃部になってしまうのでございます」

苦斗は泣きそうな声で訴える。

「伝統がわたしたちの代で途絶えてしまうのです」

「たしかにわが部は伝統があるわ。校内の日本文化研究の責を独りで負っていた」

ところが——。

九年前、新たな日本文化研究の部が誕生した。それが現在、団子坂睦美が部長を務める〈ＳＯＪ〉《スタディ・オブ・ジャパン》なのである。

もともと〈ＳＯＪ〉は〝日本〟そのものを研究する部として起《た》ちあげられた。日本文化に限定するものではなく、日本の経済や日本人の特性、日本人の起源……ひいては日本そのものの起源にまで遡《さかのぼ》って日本を研究しようという趣旨である。

そのことが国際社会における日本の立ち位置を明確にし、日本の発展に寄与するはずだという理想の下に……。

理事長が部の起ちあげに賛成したために、反対する者はいなかった。

だが〈ＳＯＪ〉の活動内容は徐々に変化してゆく。日本そのものを研究するうちに、当然のように日本文化の研究にも手を伸ばすことになる。

そして……。

日本文化の奥深さを追求するうちに〈ＳＯＪ〉の活動内容は〈和風研〉のそれとほとんど同じになっていったのである。

それは団子坂睦美が部長になってから、より顕著になった傾向である。

現在の〈ＳＯＪ〉の目的は、ズバリ〝日本文化のよさを海外に紹介すること〟である。ほとんど〈和風研〉と被っている。

「トマト。あなた、誰か誘ってよ。友達はいるんでしょ？」

「ＬＩＮＥの友達も部長一人でございます」

「あ、一人しかいないんだ」

「部長だって！」

「わたしは石原《いしはら》さとみもいるわ」

「それ、誰でもなれるし」

苫斗の口調が少し砕けた。

〈ＳＯＪ〉の活動内容が〈和風研〉のそれに近づくにつれ〈和風研〉と〈ＳＯＪ〉は競いあうように発展を続けた。

初めのうちは一年早く創立した〈和風研〉が〈ＳＯＪ〉をわずかに部員数でリードしていたが、団子坂睦美が入部した三年前から形成が一気に逆転した。

団子坂睦美は理事長の娘という立場を最大限に有効活用し、潤沢《じゅんたく》な資金力を部活動に注ぎこんだ。さらに本人の美貌《びぼう》と、目的のためには手段を選ばない、えぐい性格とが相乗効果を発揮して〈ＳＯＪ〉はあっという間に〈和風研〉を抜きさり、さらには〈和風研〉を壊滅状態に追いこんだのだ。

〈和風研〉で残ったのは三年の小田部夕子と二年の苫斗マトの二人だけだった。

「あきらめてはダメよ！」

夕子が言った。

夕子は八つ橋が好きだった。

固い焼き八つ橋も好きだが、基本的に好きなのは生八つ橋だ。目の前に、京都から取り寄せた生八つ橋の箱がある。

夕子はマスクを外した。形のよい、小さめの唇が現れる。それだけでも、夕子がかなりの美人だということが察せられる。夕子は箱に手を伸ばすと八つ橋を食べた。

「廃部の危機にあるときに八つ橋とは余裕でございますね」

苫斗が皮肉混じりに言う。

「その余裕はどこから来るのでございますか？」

「執念よ」

夕子はサングラスを外すと強い目で苦斗を見つめた。

（この目……）

異様な狂気を孕《はら》んだ目……。

苦斗は戦慄《せんりつ》した。

（たしかに小田部部長は深い執念と、それに根差した行動力の持ち主）

夕子が凄まじいパワーを発揮した場面を苦斗は目撃したことがある。去年の春、部室に保管してあった八つ橋を新人部員がすべて食べてしまったことが休み時間に判明したとき、夕子は瞬間的に学校を飛びだし、学校から最も近い八つ橋を売っている店まで猛スピードでダッシュし、授業が始まる寸前に大量の八つ橋を鞄に入れて舞い戻ったことがあったのだ。

だがその並はずれたパワーと行動力を苦斗以外の者は知らない。

その時、疾風《はやて》のごとく学校と店を往来した夕子の通った後に、周囲の器物が多数、破損していたという。それ以来、夕子は自分のパワーを封印するために、普段はサングラスとマスクを着用するようになったのだ。そうすることによって精神の高ぶりを鎮め、周囲に迷惑になるようなパワーの発露を食いとめているというのが苦斗にした夕子の説明だった。

「強い気持ちでいなきゃダメ。今日が勝負なの。〈和風研〉の火を消しちゃダメなのよ」

「〈和風研〉って燃えてるんですか？」

「燃えてるわ。わたしの心の中で。そしてあなたの心の中でも」

「どうしてそこまで燃えられるのでございますか」

「この部が発展すればフランスからの交換留学生を迎えいれることができるのよ」

部室のドアが開いた。

きらびやかなオーラを身に纏《まと》った女性が立っている。

「あなたは！」

夕子の顔色が変わった。

「だんご三兄弟！」

入ってきたのはヒミコ女学園理事長の娘、団子坂睦美だった。

「団子坂よ！」

睦美が金切《かなき》り声で夕子に反論する。

「それに兄弟じゃなくて姉妹！」

「略してだんご三兄弟」

「略してない！」

睦美は腕を組んだ。

「相変わらず暗いわね、この部屋」

睦美が辺りを見回す。

「質素だけど、けっして暗くはないわよ」

窓にはピンクのカーテン、小型の冷蔵庫も置かれている。

「あらそうだったの。ごめんなさいね。いつも飛びっきり明るい部屋にいるものので」

「あなたたちの部室と一緒にしないで。あの部室、下手すれば法律違反よ」

「ぜんぜん違反じゃないんですけど」

二人は睨みあった。

「ところで何の用？　うちらの部室に勝手に入ってきたりして」

「決まってるでしょ。廃部を言い渡しに来たのよ」

「部長……」

苦斗が夕子にしがみつく。

「まだ時間はあるわ」

睦美が「ホホホホホホ」と笑いだした。

「五時までよ」

睦美が夕子を指さす。

「今日の五時までに三人目の部員が入らなければ、この部は廃部よ」

苦斗は壁の時計を見た。四時だった。

(あと一時間……)

夕子が立ちあがった。その瞬間、途轍《とてつ》もない音が聞こえてくる。

「またやっちまった」

夕子が呟く。

〝またやっちまった〟って何を?

「トマト。窓を開けてみて」

夕子に言われ苦斗が窓を開けるとさらに激しい土砂降りの音が飛びこんできた。

凄まじい夕立が降ってきたのである。

「夕子が立ったから夕立……」

夕子が自分で呟く。

「閉めて!」

夕子が思わず耳を塞《ふさ》ぎながら言う。

苦斗が窓を閉めると、土砂降りの音はいくらか低くなった。

「すごい夕立ね」

睦美が言った。

「わたしのせいよ。夕子が立ったから夕立が降った」

「本気で言ってんの？」

「わたしが今までウソを言ったことがあった？」

「あなたとは表面的なつきあいしかしてないから判りませんけど」

「とにかく、夕子が立てば夕立が来るのよ」

「一日に何回来てんのよ」

「毎回来るわけじゃないわ」

　夕子も引かない。

「前にもわたしが立った瞬間にすごい夕立が降ったことがあったの。だからこの夕立はわたしのせい。その点は素直に謝るわ」

　夕子は頭を下げる。

（さすが部長。夕立が降ったのも、部長の途轍もないパワーのなせる業《わざ》かしら？）

　苦斗は密かに感心した。

「無駄話してる場合じゃない。行くわ」

「部長、どちらへ？」

「新入部員を勧誘してくるわ。トマト、あなたも行くのよ」

「悪足掻《わるあが》きはやめなさい」

「そうですよ」

苫斗が睦美の言葉を肯《うけが》った。

「もう無理でございます。いままでさんざん勧誘してきて、誰も入ってくれなかったんですよ？」

「最後まであきらめちゃダメ。この部には伝統がある」

睦美の頰がピクリと動いた。

「そうよね？　団子坂」

「その伝統を絶やしてしまうのが小田部。あなたよ」

睦美は踵《きびす》を返した。

「それに」

睦美は振り返った。

「あなたやっぱりバカね」

「どうしてよ」

「この雨よ。新入生勧誘は中断してるわ」

「ウ」

それは確かだった。

「いつになったら再開できるのかしらね」

そう言うと睦美はニヤリと笑う。

「夕立だもの。すぐにやむわ」

夕子の負け惜しみとも思える言葉を鼻で笑って、睦美は去っていった。

＊

廊下を走っていた北浦つばさは曲がり角で人にぶつかって尻餅をついた。

「いった〜い」

反対側の角から飛びだしてきて尻餅をついているのは白衣を着た男性だった。

「先生、ですか？」

「先生と書いてセンジョウと読みます」

男性は飛ばされた眼鏡を拾いながら言った。

「は？」

「先生栄一《せんじょうえいいち》。化学の教師です」

「はあ」

つばさは男の言っていることがよく判らなかった。

「センジョウ先生と呼んでください」

先生と名乗った男は銀縁の眼鏡をかけ直し、つばさのスカートの中をジッと見つめていた。

「ちょっと！」

つばさは股を閉じた。

「いい角度です」

先生先生はブツブツと呟きながら起きあがった。つばさも起きあがる。

「あなたの両足の角度を、あなたのうさぎプリントを施したパンツを支点として」

つばさは先生先生を殴っていた。先生先生は吹っ飛んだ。

（てかあたし、二人の先生にパンツを見られた）

呪われている……。

（これもあたしの去就がハッキリしないせいよ。そうに違いない）

呪いを断ち切るためにも〈和風研〉に入部しなければいけないのよ。

「先生先生」

再び尻餅をついた先生先生の前につばさは仁王立ちした。

「〈和風研〉はどこですか？」

「は？」

先生先生は眼鏡のズレを直しながら訊いた。

「知りませんか？」

「知っています」

先生先生は立ちあがる。

「僕が顧問ですから」

「は？」

つばさはあらためて先生先生の全身をなめ回すように見た。

「ちょうどよかった」

つばさはニッと笑った。

「校庭の各サークルの勧誘ブースは夕立があったせいか誰もいないし、てゆーか〈和風研〉のブースが見つからないし、どうしようかと思ってたんです。あたし〈和風研〉に入部します！」

「お断りします」

「は？」

「あなたはわが部に相応《ふさわ》しくありません」

「ちょっと待ってよ」

つばさの目が吊りあがった。

「どうしてあたしが〈和風研〉に相応しくないんですか？」

「計算すると」

先生先生は目を瞑った。

「あなたが先ほど股を閉じた速度をaとすると」

「ジャパネスク・マグナム！」

つばさは目を瞑り必殺技の名を叫びながら先生先生にアッパーカットを喰《く》らわす。先生先生はスローモーションで高く飛ばされ体育館の窓を突き破っていた。

＊

睦美は〈SOJ〉の部室に戻った。

部室には豪華な内装が施されている。トルコ絨毯《じゆうたん》が敷き詰められ、サテンのソファ、一枚板のテーブル。天井からはシャンデリアがぶら下がっている。奥にはバスルームもある。

「どうだった？」

女生徒が睦美に訊いた。

部室には三人の人間がいた。一人は田中舘。後の二人は女生徒だった。

睦美に訊いたのは団子坂聖子。睦美の妹だ。聖子は睦美の一つ下の二年生。

高慢ちきな睦美よりもさらに高いプライドの持ち主で、身長も睦美よりも高い。顔は睦美に似て美人だが、性格は睦美よりも冷ややかだった。肩先まで伸ばしたカール状の髪の毛は睦美よりも濃い色に染められている。

「今日で終わるわ」

「よかった」

もう一人の女生徒――蘭子《らんこ》が思わず口に出す。

蘭子は睦美の二つ下の妹――団子坂三姉妹の末っ子だった。蘭子は三姉妹の中で最も背が低い。

きつい美女である睦美、冷たい美女である聖子に対し、蘭子は美人度では劣《おと》るが、可愛らしい、完璧なアイドル顔をしていた。だが性格は姉二人よりも凶暴で、姉二人よりも計算高く、そして冷酷だった。

長女の三年生、睦美が部長、次女の二年生、聖子が副部長、そしていま一年生の蘭子がこの〈ＳＯＪ〉に入部したところなのだ。

ヒミコ女学園は学年ごとにスカーフの色が決まっている。

今の三年生が赤、二年生が青、一年生がピンクだ。

すなわち睦美が赤、聖子が青、蘭子がピンクのスカーフを巻いている。

「それはなにより」

田中舘光国は満足げに頷いた。

「ただ、気がかりなのは」

「北浦つばさね」

田中舘は頷いた。

「心配ないわ。すでに手は打ってある」

睦美はソファに腰を沈めた。

＊

夕立がやんだヒミコ女学園の校庭では各サークルがブースを設けてそれぞれの新入生勧誘活動に勤しんでいた。

（今度こそ〈和風研〉に入らなきゃ。顧問の先生には断られたけど、きっと何か誤解があるはず。部長さんなら判ってくれるわ）

野球の硬球がつばさ目がけて飛んできた。

「危ない！」

誰かが叫んだ。

つばさは振りむくと、手にした鞄で飛んできた硬球を打ち返した。硬球は見事に弾き飛ばされ、ニレの木にぶつかり空高く跳ねた。

つばさはそのボールに向かってダッシュした。ポーンとジャンプして空中で硬球を掴《つか》むと着地する。舞いあがった短いスカートが着地の後を追いかけるようにフワリと降りてくる。

「お見事」

一連のつばさの行動を見ていた二十代後半と思しき女性が拍手をした。

「体育教師の三島由起子《みしまゆきこ》よ」

「訊いてませんけど」

「作家志望」

「興味ありませんけど？」

「あなたはテニス部に入りなさい」

「入りません」

「わたしはテニス部の顧問よ」

「なおさら用がありませんけど？」

「あなたが野球の硬球を鞄で打ち返したフォーム、完璧だったわ」

「え？」

「鞄をラケットに持ち替えれば、あなたはきっと優秀なテニスプレイヤーになれる」

「いえ、そんな気ないんで」

「体育教師にして容姿端麗。才色兼備にしてテニス部顧問。良妻賢母にして作家志望。そのわたしの命令が聞けないの？」

「良妻賢母って……結婚して子供もいるんですか？」

「いるわ。結婚生活を基にした官能小説を執筆中よ。人妻が校長の性奴隷となってやがて男子校の荒くれどもに犯され」

「どんな結婚生活を送ってるんですか！」

「あなた！　女子野球部に入って」

野球のユニフォームを着た女子生徒が数人、押し寄せてきた。

「あなたが野球の硬球を鞄で打ち返したフォームは、そのままバットに持ち替えれば四番バッターになれる」

「いやあ、あたしはただ四番目を打ってるだけですから……ってそういう問題じゃないですよね」

別の生徒に腕を摑まれた。

「ぜひわが陸上部へ」

「ええ？」

「あなたのダッシュ力、ジャンプ力、拝見させていただきました」

先ほどの野球の硬球を掴んだ一連の動作……。

「あなたが本気になって陸上に取り組めば、国体出場も夢じゃない。いえそれどころか優勝も狙える。鍛えれば全国レベルよ。土井杏南《どいあんな》にも勝てる」

「ああ、でもあたしは〈和風研〉を探してるんです」

「〈和風研〉!?」

周りにいた運動部のスカウトたちはみな一斉に驚いた。

「〈和風研〉!?」

遅れて三島由起子が驚く。

「あなた……」

「北浦です」

「北浦さん。どうして〈和風研〉に入りたいわけ?」

「日本文化に興味があるからです」

「終了」

三島由起子は話を打ちきって踵を返した。

「もうあきらめるんですか!」

周りの野球部、陸上部の部員たちが驚愕《きようがく》の目で三島由起子を見送る。

「やはりただ者じゃないわ。作家志望者って」

「普通じゃないともいえる」

そんな部員たちの声に見送られて三島由起子は去ってゆく。

「ああ、ちょっと待って三島先生！〈和風研〉のブースを教えてください」

つばさが叫ぶ。

「あなたの後ろよ」

三島由起子は一瞬、振り返って答えるとつばさの背後を指さして帰っていった。

つばさは振り返った。

〈和風研〉という文字が書かれた横幕が見える。

「あった！」

「いま何て言ったのでございますか？」

ブースに坐《すわ》っている顔を真っ赤にさせた生徒が目をウルウルさせながらつばさに訊いた。

「あった！って」

「その前です！」

「その前？」

顔の赤い生徒が頷く。

「ええと……」

つばさは必死に思いだそうとする。

「そうだ。思いだした。〈和風研〉のブースを教えてくださいって言ったわ」

「どうしてでございますか？」

「え？」

「どうして〈和風研〉のブースの場所を知りたいのでございますか？」

「それは〈和風研〉に入りたいからです」

「やった」

両手を内側に向けてガッツポーズ。

「あの……」

「わたしは苫斗マト」

苫斗の声は震えている。

「トマト？」

苫斗は頷いた。

「たしかに顔がトマトみたいに赤い」

「それはいいから」

トマトはブースから出てきてつばさの腕を掴んだ。

「あなた〈和風研〉の入部希望者でございますね？」

「はい、そうです」

「これで〈和風研〉は存続できます！」

苫斗が叫んだ。

「あの」

「こっちへ来てください」

「どこへ連れてゆくんですか」

「部室でございます」

「え？」

「〈和風研〉の部室でございます」

苫斗はヨタヨタとした足取りでつばさを引っぱる。その姿を、人集《だか》りの中から見つめる目があった。

＊

功刀《くぬぎ》恭子《きようこ》は眉根を寄せて窓から校庭を眺めていた。

ドアをノックする音がする。

「入りなさい」

功刀恭子が校庭を眺めながら声をかけると、ゆっくりとドアが開いた。

「校長」

呼びかけられて恭子は振りむいた。恭子はヒミコ女学園の校長である。今年、五十歳になる。髪を肩よりも長く伸ばし、茶色に染めている。顔も美人なので、かなり若く見える。

「加藤《かとう》か」

校務員の加藤が顔を見せた。七十歳を超えているだろう。小柄で痩《や》せている。どこか飄々《ひょうひょう》とした風を身に纏っている。

「よいお知らせが」

「〈和風研〉のこと?」

「はい」

「聞かせてちょうだい」

「〈和風研〉が消滅します」

恭子は返事をしない。

「今日の午後五時までに新入部員が入らなければ、校則に則《のっと》り、廃部の手続きをします」

「そう」

恭子はようやく返事をした。その顔には笑みが浮かんでいる。

恭子は壁の時計を見た。四時四十四分。

「もう存続は無理かと思われます」

恭子は答えない。

「やはり小田部夕子では団子坂睦美には叶わなかったのですよ」

「まだ十六分あるわ」

「校長……」

「小田部夕子を見くびらない方がいいわ。あの娘は何かを持ってる」

「しかし、いくらなんでも」

「油断は禁物。わたしは用心深い女なの」

恭子は再び、窓の外に目を移した。

*

練習用の無地の化繊の着物を着た入江《いりえ》わかばが茶室で茶を点《た》てていた。

入江わかばはヒミコ女学園の二年生。茶道部の副部長だ。小柄だがプロポーションがよく、胸の辺りがはちきれんばかりに脹《ふく》らんでいるのが着物の上からも判るほどだ。

丸みを帯びた可愛らしい顔をしている。

わかばは正面に坐る二条院鞠子《にじょういんまりこ》に黒い干菓子器に載せた薄焼き煎餅などの干菓子を勧めると、棗《なつめ》から茶杓《ちゃしゃく》で茶を掬《すく》い、茶碗に入れる。

二条院鞠子は三年生。茶道部の部長である。

わかば同様、丸顔だが、背が高くスタイルもよい。髪はショートカットで、紅花紬《べにはなつむぎ》の華やかな着物を着ている。

わかばは柄杓《ひしゃく》で釜の湯を汲み、茶の入った茶碗に注ぐ。それを茶筅《ちゃせん》で混ぜながら泡を立てる。

できた茶を二条院鞠子に勧める。鞠子は勧められた茶を作法に則り、ゆるりと味わう。

「結構なお点前《てまえ》です」

鞠子に褒められ、入江わかばの顔がパッと輝く。

新入生勧誘は部員たちに任せ、二人だけの茶会だった。心に余裕を持たせるために、鞠子があえて催したのだ。

「ただ」

「ただ?」

途端にわかばの顔が曇る。

「少しだけお茶がざわついています」

「お茶が、ざわつく?」

鞠子はうなずいた。

「ほんの少しの違和です。でもわたくしには判るのです」

「申し訳ありません」

わかばは頭を下げた。

「右の手を扱うときは、心は左に置いてください」

「心は左に……」

「それが千利休の教えです」

「わかりました」

「精進なさってください」

わかばは深々と頭を下げた。

*

部室のドアが勢いよく開いた。

「部長！」

部室にはベレー帽を被りサングラスをかけ、マスクをした小田部夕子が一人で坐っている。

「やりました！」

苦斗の顔は喜びで真っ赤になっている。

「トマト。その子は？」

夕子は苦斗が手を繋《つな》いで連れている一年生に目を遣《や》る。

「ちなみにわたしがトマトを呼ぶときのトマトは名字の苦斗じゃなくて名字の最後の字と名前のマトをつなげた斗マト。その点、まちがわないで」

「部長。そんな事どうでもいいですから、とにかくこの子でございます」

「だから何なの？」

「入部希望者でございます」

夕子は立ちあがった。

「これでわが部は存続できます！」

「あの」

つばさは苦斗の手をふりほどいて一歩、前に出た。

「入部したいんですけど」

「名前は？」

「一年一組の北浦です」

「長かったです」

苦斗の目から涙が溢れる。

「これで苦労が報われました」

「まだ早いわ」

「え？」

夕子は時計を見る。

四時五十分。

「早いとは？」

「忘れたの？　わが部に入るには、入部テストに合格しないといけないのよ」

「あ」

「何ですかそれ？」

「入部するときに受けるテストよ」

「まんまですけど」

「部長！」

苫斗が顔を真っ赤にさせて怒った。

「今さらどうして入部テストなんか！　せっかく入部希望者がやってきたんでございますよ？」

「決まりは決まりだわ」

「そんな……」

「インチキをして入部させたからって、トマト。あなたそれでいいの？」

「すばらしい」

つばさは思わず呟いていた。

「尊敬します。部長さんのそういう杓子定規な姿勢」

「杓子定規《しゃくしじょうぎ》すぎます！」

苫斗はつばさを見た。

「今日中にあと一人入部させないと、わが部は廃部になるのでございます」

「ええ？」

つばさは驚いた。

「聞いてませんでした」

「わたしも言ってませんでした」

「大事なことは最初に言ってください」

「時間がなかったのでございます。とにかく早く部室に連れていって入部手続きを取らないとと思って」

「なるほど」

つばさは納得した。

「でもどうして廃部に？」

「人数が足りないからでございます」

「わが校はね」

夕子が説明する。

「部が存続するためには、四月の第一週の段階で三人の部員がいないとダメなの」

「じゃあ存続ですね。あたしが入りますから」

「そのための入部テストよ」

「部長。時間がないんですよ。あと十分しか」

「五分で済むわ」

「てか、どうしてサングラスにマスク？」

「これには深い事情が」

「それより部長。早くテストをしておくんなまし」

どこの言葉だろう。

「アイアイサー」

「アイアイサーとは Aye,aye,sir! もしくは Ay,ay,sir! と綴《つづ》り、船乗りや海軍の兵士の間で上官の命令や指示に対して〝理解して、その通りに行動します〟という肯定表現でございます」

苦斗が解説する。

「日本文化を研究する部が英語ですか」

「ウ」

夕子は素で痛いところをつかれたようだ。

「第一問」

自分の不都合をごまかすように夕子が問題提出にかかる。

「大丈夫でございます北浦さん。テストといっても常識を問う簡単なものばかり。わが校に入学できた人ならば誰でも余裕で解ける。いわば形式的なものでございます」

苦斗の言葉につばさも落ち着きを取り戻す。

「千利休は知ってるわね？」

「バカにしてるんですか！」

つばさは本気で怒った。

「千利休ぐらい知ってますよ！」

「あ、ごめん」

「とんちが得意だったんですよね？　橋を渡るなとか」

「そ、それは一休《いっきゅう》さん……」

「違うんですか？」

「一休じゃなくて利休」

「そっちか～」

つばさは笑いだした。

「笑ってごまかすな！」

「部長」

苦斗が不安そうな顔で夕子を見る。

「千利休は千家流茶の湯の開祖よ」

「ですよね？」

苦斗はつばさの顔を見て〝知らないのに知ってる振りをしてるな〟と見抜いた。

「部長。ヤバイでございます」

「有力な新人が現れたということね」

「そういう意味の〝ヤバイ〟じゃなくて単に〝まずい〟みたいな意味でのヤバイで

ございます」

「それはわたしもヒシヒシと感じてる」

「どうするんですか」

「二択問題にするわ」

「その手がありましたか」

「何をゴチャゴチャ言ってるんですか～」

　つばさはなおも笑っている。

「ところで茶の湯って何ですか?」

「ユーモアセンスだけはあるようね」

「いやあ、それほどでも。それにユーモアっていうか、素で訊いてるだけだし」

　苦斗の顔がさらに赤くなった。

「茶の湯はお茶よ」

「なるほど」

　つばさがメモを取る。

「そんなことメモを取らないでください」

「あ。一円を笑うものは十円で爆笑するんですよ?」

「意味わかんないし」

「向学心だけは褒めてあげる」

夕子が言った。

「でも……茶の湯はお茶って、そこをメモすんな！」

「あ、爆笑」

「笑いたいのはこっちよ……ホントは泣きたいけど」

「ようするに茶道ですよね？」

「わかってんじゃん」

苦斗がたまに砕けた調子で呟《つぶや》く。

「それより問題を早く」

「トマト。茶の湯の用意」

「アイアイサー」

苦斗は部室の奥から畳を出してきて中央に敷いた。さらに茶の湯の道具をあっという間に用意する。

「こんなのが部室にあるんだ」

「〈和風研〉なめんな」

「別になめてませんけど」

「心を落ち着かせて」

夕子が悠然と茶を点てた。

「部長。そんなことをしている場合では」

「その焦った心が失敗を生むのです」

そう言うと夕子は点てたばかりの茶を苦斗に渡した。苦斗は反射的に頭を下げて受けとる。

「まず基本中の基本、千利休のことから説明します」

「お願いします」

「千利休とは、安土桃山《あづちももやま》時代の茶人です」

一五二二年に生まれて一五九一年没。幼名は与四郎《よしろう》。号は宗易《そうえき》。

魚問屋を営む田中与兵衛《たなかよひょうえ》の息子として堺に生まれた。

十代で茶の湯の師匠に師事し、二十三歳で早くも茶会を開くほどの才を見せる。

やがて、茶の湯にひとかたならぬ興味を示す織田信長《おだのぶなが》に取りたてられ、信長の死後は秀吉に仕える。

「信長に仕えていた頃は、その家臣の明智光秀《あけちみつひで》とも仲がよくて、たびたび茶会に招かれているの」

「そうなんですか」

一五八五年には時の帝《みかど》より利休という居士号《こじごう》を与えられる。

全国の茶人を一堂に集結させた空前絶後の茶会〝北野大茶会〟を主管し〝天下一の宗匠《そうしょう》〟の名を不動のものとした。だが一五九一年、秀吉から切腹を命じられ、生涯を閉じた。

「なるほど。ようするに日本一の茶人だと」

「理解力だけはあるようね」

「そうなんすよ～」

「現代の〝三千家〟と呼ばれる表千家、裏千家、武者小路《むしゃのこうじ》千家の三つの茶道の流派はすべて千利休を家祖としているのよ」

「千利休を開祖としてるから千家なのか」

「そういうこと」

初めてつばさは知った。

「千利休の後、二代少庵《しょうあん》、三代宗旦《そうたん》と続いて、宗旦の時代に、次男が武者小路千家、三男が表千家、四男が裏千家と、それぞれ家督《かとく》を譲ったの」

もともと茶は舶来のもので、高価なものだった。茶の湯も闘茶《ききちゃ》の勝負をする派手な催しだったのだ。

「その派手な茶のイメージを一新したのが村田珠光《むらたじゅこう》よ。彼は四畳半の茶室を創始して、茶を地味なものに変えたの」

「もったいない」

「でもそれが〝わび〟というものよ」

「わび……」

「そう。日本文化の神髄にして茶の神髄。〝わび〟は〝侘《わ》びしい〟のわびよ。つまり豪華なものに対して貧しいものに趣《おもむき》を感じる心よ」

「なるほど」

「この〝わび〟の概念は茶の湯で確立されたの」

「ちなみに〝さび〟は〝寂しい〟から来てるの。この言葉はもともと物がさびる様子を表す語で、古くなったものに趣を感じる心」

「勉強になります。千利休に関しては完璧に一〇〇パーセント理解しました」

「調子いいな〜」

夕子はノートを広げた。

「ドボン問題です」

「Qさま形式！」

「次の中で千利休に関係のない人物は誰でしょう。一、豊臣秀吉。二、剛力彩芽《ごうりきあやめ》」

「サービス問題でございますね」

苫斗は安堵《あんど》の笑みを洩らして茶を口に含んだ。剛力彩芽は現代の若手女優である。

「難しいわね」

苦斗が茶を噴きだした。

「どこが！」

「だって、人は誰でもどこで繋がってるか判らないんですよ？」

「それはそうだけど、この場合は利休は織豊時代の人なのよ？　それがどうして剛力彩芽と関係があるのよ」

「千利休をテーマにした映画に剛力彩芽が出てるかもしれないじゃないですか〜」

「あ」

夕子が声を洩らす。

「あ、じゃねーよ」

夕子が泣きそうな、それでいて非難するような目で苦斗を見た。

「トマト。あなたいま〝あ、じゃねーよ〟と言いましたか？」

「まさか」

苦斗は頬笑んだ。

「言うわけありませんでございますわ」

「顔が真っ赤なんですけど」

「ヒミコ女学園の生徒ともあろう者が〝じゃねーよ〟なんて、はしたないお言葉を洩らすはずがありませんことよ」

「いつもと口調が微妙に違うんですけど」

「すみません」

苦斗は俯《うつむ》いた。

「やっぱり言ったのね」

「思わず……。だって！」

苦斗は顔を上げた。

「部長が〝映画に出演している可能性〟をまったく忘れ果てて問題を出したかのような発言をなさるんですもの。まさかそんな事はありませんよね？」

「するどい」

「その〝するどい〟はどこにかかるのでしょうか？」

「北浦つばさ」

「あたし？」

つばさは自分の顔を指さした。

「そう。意外と鋭いわね。知識はまるっきりないようだけど第一問の問題点をすぐさま指摘してみせるとは、思ったより鋭い」

「じゃあ部長はそれを見るためにわざと穴のある問題を？」

夕子は無言で頷いた。

「ダウト」

つばさが冷ややかな目で夕子を見つめる。

「ホ、ホントよ」

夕子がやや焦り気味に答える。

「で、答えは？」

苦斗が不安げにつばさを見る。

「やっぱり答えなきゃダメですよね？」

夕子と苦斗が同時に頷いた。

「判りました。あたしも女です。度胸を決めます」

「そこまでして答える問題ですか？」

「消去法で考えると……」

つばさは目を瞑った。

「剛力彩芽！」

「そっちを残した！」

「どっちを消したんだよ！」

夕子と苫斗が同時につっこんだ。

「合ってます？」

つばさは目を開けて尋ねる。

「そうね」

夕子は考える。

「この問題、たしかに千利休関係の映画に剛力彩芽がまったく関係していないと証明できない限り、答えは出せない」

「関係していない」

男の声がした。つばさが振りむいた。見覚えのある男が立っている。

「お前はあたしのスカートの中を覗いた変態！」

男はギョッとしたようにわずかに後退《あとじさ》った。

「先生《せんじょう》先生、そんな事したんだ」

「そんな子としたって……してないよ！」

先生先生がキレた。

「あ」

思いだした。たしか化学の教師だ。

「そんな子とも、そんな事もしていない。誤解だ」

「誤解……ホントに？」

先生先生はうなずいた。

「許す」

「いや、何も悪いことをしていないのに許すと言われても」

「先生先生。今はそんな小さなことを言っている場合ではありません。この子、わが〈和風研〉に入部希望の新入生です」

業を煮やしたのか夕子は話を進める。

「なに」

先生先生の目がキラリンと光った。

「それで入部テストを？」

「はい。なかなか鋭い子です」

「どこが！」

思わず口走ってから苦斗は口を押さえた。

「なるほど。君が鋭いとはね」

先生先生は不敵な笑みを浮かべる。

「思いだしたよ。さきほど出会い頭にぶつかった子だね？」

「そうです。その時あたしは先生先生に入部したいと言ったんですが、断られました」

「先生先生、どうして貴重な入部希望者を断ったんですか」

「いや、あの時はこの子は運動部にこそ相応しいと即座に判断して」

「勝手に判断しないでください」

つばさが怒った。

「悪かった。だが入部テストの第一問は不正解だな」

「ホントに不正解なんですか？」

「アイドル系の問題に関して先生先生の言うことに間違いはないわ」

「化学の問題に関してじゃないんだ」

つばさが脱力したように呟いた。

「確かめてみましょう」

夕子が部室の窓際の机に置かれているノートパソコンをオンにした。

「Wahoo!で検索よ」

「Wahoo!？」

「僕が開発した検索エンジンだ」

「先生先生が……」

「ただし、和風に関する事柄しか検索できない」

「逆に難しくないっすか？　開発するの」

先生先生は答えない。

「先生先生の言う通りだわ」

夕子が該当ページをプリントアウトしてつばさに渡した。

——千利休、剛力彩芽、ヒット０件

みなもその内容を覗《のぞ》き見る。

「確実ね。千利休と剛力彩芽は関係ない」

「あたし、不合格ですか？」

「あきらめないで」

夕子が力強く言う。

「問題はまだあるわ」

「初耳だ」

「先生先生」

「いつから入部テストが二問になったんだ」

「去年からです」

「先生先生。知らなかったんだ」

先生先生は咳払いをした。

「第二問」

部室に緊張が走る。

「ファイブボンバーです」

「ネプリーグ方式！」

つばさが身を引きしめる。

「夏目漱石《なつめそうせき》の作品を五つ挙げよ」

身を引き締めたつばさが噴きだした。

「サービス問題じゃん～」

「よかった。今度は得意分野だったみたいね」

「得意分野っていうか、常識でしょう」

「ですよね」

苦斗が安堵の笑みを浮かべる。

「『吾輩は猫である』」

「一つ」

つばさが黙った。

「五つ答えるのよ」

「判ってます」

「二つ目は？」

「『吾輩は猫である』」

「もう言った！」

「大事なことなので二度言いました」

「一度でいい！」

「北浦さん。早く二つ目を答えてください」

苦斗が急《せ》かす。

「『吾輩は犬である』？」

「その方向だと永久に答えは出ません」

夕子がつばさに向かって三本の指を立てて示した。

「ピースサインには一本多いです」

夕子がつばさに目をパチクリして何かを伝えようとしている。

「もしかしてヒント？」

夕子はつばさを指さしてうなずいた。

「これは何本？」

「三」

今度は一本増やす。

「これは？」

「よん」

「別の言い方で？」

「し？」

「ハイの反対は？」

「ロー」

「続けて言ってみて」

「三、し、ロー……『三四郎』！」

先生先生が冷ややかな目で夕子を見つめている。

「ん？　あたし無意識のうちに正解しちゃいました？」

「しちゃいました」

苦斗が答える。

「部長！」

今度は苦斗は潤んだ目で夕子に視線を向ける。

「その手があったんですね！　パントマイム」

「プラス誘導尋問」

希望が生まれた。

「さあ新入部員、三つ目は？」

夕子はそう言いながら自分の胸を指さす。

「貧乳？」

「ちがう！」

夕子が激した。

「北浦さん。部長の胸には何がある？」

「ドス黒い欲望」

「ある意味正解でございます」

「トマト」

「すみません」

苫斗が丁寧に頭を下げる。

「北浦さん。この場合、ドス黒い欲望はどこにある？」

「心？」

「正解！」

夏目漱石の代表作である『こころ』。

「あと二つ……」

苫斗が手に汗を握っている。

夕子が小さい子の頭を撫でる仕草をする。

「この子は？」

「山本翔太《やまもとしょうた》？」

「誰だよそれ！」

「隣に住んでる子なんですよ～。かわいい男の子でまだ小学二年生なんですけど、実は二年前に誘拐《ゆうかい》されたことがあって、犯人はなんと近所の主婦」

「別の話になっちゃってますから」

「その話はいつか三島由起子先生に教えてあげて。江戸川乱歩《えどがわらんぽ》賞を狙ってるみたいだから参考になるかも」

「了解」

「さあ。山本翔太くんの話はそれはそれで興味深い話だけど今は入部テストよ」

「わかりました……。小さな男の子の話をしてたんでしたっけ」

「そうよ。小さな男の子……それを一般的には何という？」

「ガキ？」

「もっと上品に」

「お子ちゃま？」

「そんな特殊な呼び方じゃなく」

「その子の特徴は？」

つばさが探偵の目をして訊いた。

「もちろん上流階級よ」

「おぼっちゃま？」

「惜しい！」

苦斗が身を乗りだす。

「それをほんの少し砕けて」

「坊っちゃん？」

「正解！」

苦斗が両手でガッツポーズを作る。

「あと一つよ！」

夕子の言葉につばさの顔が引きしまる。

「でも……」

あと一つが出てこない。

「がんばって」

苦斗が涙目になって応援する。

「もう四つも言ったのよ」

苦斗の言葉に、つばさは指を折って数えあげる。

「『吾輩は猫である』と『三四郎』と『こころ』と『坊っちゃん』と、それから……」

「正解！」

派手な音がしてくす玉が割られた。

「正解？」

答えたつばさがキョトンとしている。

「あたしはまだ答えてないっすけど？」

「答えたじゃない。『それから』って」

「『それから』は夏目漱石の代表作の一つよ」

「そうだったんだ」

つばさは素直に喜んだ。

「北浦つばさ。あなたは晴れて〈和風研〉の一員よ」

「待った！」

ドアが勢いよく開いた。

「あなたは……」

ドアを開けて立っていたのは三年生の団子坂睦美だった。

「だんご三兄弟！」

「だから違うって」

そう言いながら睦美はズイッと部室に入ってきた。

「北浦さん。あなた、やっぱりこの部にやってきたのね」

「あたしのことを知ってるんですか？」

「あなたの動向は、ずっと探ってきたのよ」

「どうして…」

「あなたまだ、自分の出自について何も知らないようね」

「え？」

「まあいいわ」

「何の用？」

夕子が話に割って入り睦美を睨みつける。

「その子の入部、認めるわけにはいかないわ」

「どうしてよ！」

夕子が立ちあがった。

「北浦さんは正式に入部テストに合格したのよ」

どこが、という言葉を苦斗は危うく飲みこんだ。

「時間切れ」

睦美がポツリと言った。

「あ」

夕子が呆けたような声を上げる。

「規則では、五時までに入部できなかった場合は入部は無効となる」

時計を見ると五時十三分だった。夕子がガックリと膝をついた。

「決まりよ。〈和風研〉は今日限り、廃部とします」

睦美が勝ち誇った笑みを浮かべる。

「いや、まだ廃部ではない」

先生《せんじよう》先生が言った。

「先生先生。いくら顧問だからといって悪足掻《わるあが》きはやめてください」

「悪足掻きではない。先ほど新勧大会が夕立のために中断しただろう」

睦美はハッとしたように笑みを引っこめた。

「ロスタイム……」

「そうだ」

先生先生は頷いた。

「アディショナルタイム」

「トマト。言い換えなくていいわ」

最近はサッカーのロスタイムはアディショナルタイムと呼ばれることが多くなった。

「どういうこと？」

つばさが誰にともなく訊く。

「規定では、新勧大会が延長された場合、入部締めきり時間もそれに合わせて延長されることになっている」

「そうだったわ」

「さすが顧問ね」

「勘違いしないでもらいたい。私は〈和風研〉の顧問だから延長規定を指摘したのではない」

「は？」

「じゃあ、どうして……」

「規則通りにことが進まないのが気持ち悪いだけだ。だから正しい規則を指摘したまで」

「いつも通りの先生先生ね」

「これがいつも通りなんだ」

頼りになるのかならないのか……。

「いずれにしろ〈和風研〉は存続できるんですね？」

「できるわ」

「やった！」

つばさが飛びあがる。

「待ちなさい」

「あら」

睦美を夕子が余裕の目で見つめた。

「今度はあなたが悪足掻き？」

「そうじゃないわ」

睦美の顔にはなお余裕が感じられる。

「わたしはただ、こちらの新入生に〈和風研〉よりも、もっといい部があると教えてあげたいだけ」

「お気持ちは嬉しいんですけど」

つばさは丁寧に頭を下げた。

「人の話を最後まで聞け！」

睦美が激怒した。

「あわわ」

とびきりの美人から鬼のような顔に豹変した睦美を見てさすがのつばさも慌てた。

「落ちついて言うわよ。あなたに相応しい部。それはわが〈SOJ〉よ」

「〈SOJ〉と言いますと？」

「〈和風研〉の最大のライバルよ」

睦美の代わりに夕子が答えた。

「正式名称が〈Study of Japan〉。わたしたちの〈和風研〉ができた一年後に〈和風研〉の真似をしてできた部よ」

「真似ですって」

睦美が夕子を睨む。夕子も睦美を睨みかえす。両者の視線が空中でぶつかり、火花を散らしている幻想が見えた。

「単なる真似だったら本家を抜かすことができたかしら？」

「いくらでもできるわよ！」

逆ギレして、かえって自分の部を貶めている……。

「そうかしら？　わたしたち〈ＳＯＪ〉の発展はすごいわよ。部室はわが校の最上階に位置する豪華な部屋」

「豪華な部屋？」

つばさが反応した。

「そう。こんなぼろい部室とはわけが違うのよ」

つばさはあらためて〈和風研〉の部室を見回した。

（狭い）

まずそう思った。

「ここは狭いでしょ？」

図星だった。

「それに比べてわが〈ＳＯＪ〉は広い。さらに室内設備完備」

「室内設備といいますと」

「冷暖房完備。フワフワのソファに、冷蔵庫の中にはジュース、コーラ、ケーキにスイーツ」

「じゅる」

つばさが涎《よだれ》を拭いた。

「資金力にものを言わせてわがまま放題、好き勝手をやってるだけじゃない」

「部が発展したおかげよ」

「発展といっても、家が金持ちだからそのお金を使ってるだけでしょ」

「家が金持ち……決め手になる」

つばさが呟く。

「北浦さん。惑わされてはいけません！」

苦斗が叫んだ。

「団子坂さんは悪魔のように狡猾《こうかつ》なの」

「どっちが悪魔よ」

睦美が苦斗を睨んだ。

「わが〈ＳＯＪ〉が豪華な部室を持っていることは事実なのよ。たとえどんな手段で手に入れたものであろうと、その部室に魅力があるかどうかが問題よ」

睦美は勝ち誇ったような笑みを浮かべている。

「部室にはバスルームもあるのよ」

「バスルーム……」

「その奥に、今度はアスレチック設備を作る予定なの」

「それ部室じゃないから」

「アスレチック……」

つばさの心が動いている……。

「ダイエットにもなりますか？」

「もちろんよ」

「あたし、太る体質で……」

「だったら〈ＳＯＪ〉に入るべきね」

「ぜんぜん関係ないでしょ！」

夕子がキレた。

「さらに」

睦美が追い打ちをかけようとする。

「わが〈ＳＯＪ〉はヒミコ女学園全文化系サークルを統括する役目も背負っているのよ！」

いつの間にかそういう雰囲気ができあがった、いわば暗黙の了解だった。

「あ、そういうの責任重そうだから歓迎しません」

「ウ」

睦美が言葉に詰まると夕子がほくそ笑む。

「だいたいねえ」

夕子が反撃に転ずる。

「すべての文化部を統合するといえば聞こえはいいけど、その知識は中途半端。すべての文化部を統合するに相応しい知識と実力を兼ね備えているのはわが〈和風研〉なのよ」

また墓穴を掘ってる？

「部長。そういう重い責任を新入部員候補の北浦さんは嫌っているようです」

「あわわ」

夕子が慌てて口を噤《つぐ》む。

「どうやら勝負するしかなさそうね」

「望むところよ」

夕子が立ちあがった。夕立の音が部屋を襲う。

「夕立！」

やはり夕子が立つと夕立が！

「違うようだ」

先生先生が冷静に指さした先に、ラジカセがあった。

「小田部くんは立ちあがる瞬間、同時にラジカセのスイッチも押していた。いま聞こえている夕立の音は、あらかじめ録音しておいた夕立の音だ」

「夕子、できる女」

そんなことで！

睦美が初めて夕子を〝できる〟と認めたところを見たが、認める部分が少し違うような気もする。

とつぜん部屋が暗くなった。

「停電？」

次の瞬間、眩《まばゆ》いスポットライトが部室のドアを照らす。

「ちょ、ちょっと何これ？」

スポットライトに照らされたドアがガラガラと開く。部室に一人の生徒が入ってきた。

「お久しぶりです」

部屋中に中島《なかじま》みゆきの『悪女』のイントロが鳴り響いた。

「二条院鞠子！」

苫斗が叫ぶ。目を遣ると二条院鞠子は手にカセットを持っている。

♪　マリコの部屋へ〜

しかも歌詞つき！

（インストゥルメンタルじゃないんだ）

二条院鞠子はスイッチをオフにすると、ラジカセを静かに床に置いた。

その背後から、一人の生徒が一畳の畳を担いでついてきている。

「誰あれ？」

「入江わかば。二条院鞠子の後輩よ」

入江わかばが畳を下ろして床に敷くと、二条院鞠子はその畳に静かに正座をした。

「二条院鞠子って誰ですか？」

つばさが誰にともなく訊く。

「〈SOJ〉が送りこんできた最強の刺客《しかく》でございます」

苫斗が教える。

「刺客……」

「そういうこと」

睦美がニヤリと笑った。

「茶道部の部長にして現代における最高の千利休の体現者」

「よく判らないいんすけど」

つばさの疑問を無視して入江わかばが畳の上に茶筅、柄杓、釜、風炉《ふろ》などの茶の道具を次々と用意する。

「リボンの色からすると三年生ね」

「それぐらいは判るようになったんだ」

「文化討論会、スタート！」

睦美が高らかに宣言した。その途端、狭い部室にテレビカメラやマイクやらを持った大勢の生徒たちが雪崩《なだれ》こんできた。

「ななな、何ですかこれは」

つばさは雪崩こんできた異様なクルーを呆然と眺める。

「放送部の人たちよ」

「放送部……何が始まるんですか」

「全国放映よ」

「まさか」

「ホント」

「あたしスターに？」

「なぜ飛躍する」

「わけが判んなくて」

「説明しますわ」

戸惑うつばさの耳元に苦斗が囁《ささや》く。

「すみません。もう少し耳から離れてもらっていいですか?」

「あ、ごめんなさい」

苦斗は一定の距離を取った。

「〈和風研〉と〈SOJ〉は不定期に文化討論会を催しているのでございます」

「文化討論会とは?」

「わが〈和風研〉と、その最大のライバルである〈SOJ〉が不定期に催す日本文化に関する討論会でございます」

「簡潔すぎる説明ありがとうございます」

「今までも、わたしたちは数多くの文化討論会を戦ってきたのです」

「テーマは日本文化にまつわる謎よ」

「謎?」

「そう。たとえばお茶は緑色なのにどうして土の色などを表す茶色というのか」

「そういえば不思議です」

茶の色なら、普通に見れば緑色だ。

「これはね、茶の実の色なの」

「実……」

「そう。茶の実は、見事な茶色よ」

「そうだったんだ」

「ただ、これには諸説あって、茶染めの色から来てるとも言われてるけど、茶染めは何も茶色だけじゃないからね」

「ほうじ茶とか」

「するどいです」

「ホント？」

苫斗はうなずいた。

「やった。ほうじ茶の色も茶色ですもんね」

「はい。でもほうじ茶は茶色という言葉が生まれた後に広まったものなのです。よってこの説もどうかと思われるのでございます」

「勉強になります」

「〈和風研〉と〈ＳＯＪ〉はこんなバトルを数限りなく戦ってきたの」

「勝敗はどうやって決めるんですか？」

「あなたが決めるのよ」

夕子が言った。

「え？」

「あなたが〈和風研〉と〈SOJ〉のバトルを観て、どっちの部に入るのか決めるの。つまり、あなたが選んだ方が勝者よ」

「そんな……責任重大じゃないですか！」

「それが運命よ。運命と書いて〝さだめ〟」

「読み方はどうでもいいですから」

「とにかく、そうやって二つの部は戦い続けてきたのよ」

「〈和風研〉は負け続けなんだ」

「ギク」

苦斗は声に出して焦った。

「だって勝ってたら部員がたくさんいるはずだもんね」

「オホホホホホ！」

睦美が高笑いした。

「その通りよ！」

ビシッと人差し指で夕子を指す。

「小田部夕子はわたくしに一勝もできないでいるのよ！」

睦美が一歩、前に踏みこんだ。

「〈和風研〉は廃部ね」

「あたしが入ればいいんでしょ？」

「は？」

睦美が軀を半回転させて指をつばさに向けた。

「入る気？」

「入ります」

「北浦さん！」

「だって、最初に入るって言っちゃったし。やっぱし一度言ったことは守らなきゃダメよね？」

「男だねえ～」

苫斗が涙を拭う。

「その決断はまだ早い。討論会の結果を見てからにしてちょうだい」

「その通りよ」

また一人、部室に人が入ってきた。

「校長！」

入ってきたのは功刀恭子校長だった。

「〈和風研〉か〈ＳＯＪ〉に入る新入部員は、討論会の結果を見て決めるという規則があるのよ」

「そんな規則があるんだ」

「わが校の校則よ」

睦美がニヤリと笑った。

「さあ。もう逃げられないわよ。このバトルをあなたは見届けるの。わたしも見届けるわ」

功刀恭子校長が椅子に坐った。

「でもこのクルーは？」

テレビカメラやマイク……。

「言ったでしょ。全国放送してるんだって」

「聞きましたけど、この人たち、全国ネットのテレビ局じゃないですよね？」

「わが校の放送部。インターネットの動画放送をするのよ」

「でしたか」

「もっとも観てるのはほとんどうちの生徒だけ」

つばさは礼儀上、ずっこけた。

「それでも充分なのよ。バトルの様子がオープンになっているってだけで、不正の入りこむ余地はなくなる」

「なるほど」

「もちろん校内でも観てる人は少ないけど」

「〝もちろん〟ですか」

「校長。お題を」

睦美が功刀校長を促す。夕子も功刀校長に目を遣る。

「わかりました」

功刀校長は立ちあがった。

「今回のお題は千利休です」

功刀校長が宣言した。

「千利休はなんで切腹したのか？」

「短刀で？」

「北浦さん。一年生は黙っててもらっていいですか？」

苫斗にやんわりと注意される。

「今回のお題は〝千利休はなんで切腹したのか？〟この謎について討論してもらいます」

功刀校長があらためて宣言した。

「罪を犯したからじゃないんですか？」

懲《こ》りずにつばさが質問する。

「それはそうでしょう。しかしそれがどんな罪だったのか、明確な史料がないのです」

功刀校長が丁寧に答える。

「そうだったんだ」

「小田部さん」

二条院鞠子が丁寧にお辞儀をすると口を開いた。

「武士の情けです。まずあなたから答えてください」

「二条院さん、武士だったんだ」

「言葉の綾です」

「聞いて驚かないで」

夕子が挑戦的な目で二条院鞠子を見つめる。鞠子は少しもたじろがず、冷ややかな目で夕子を見つめ返す。

夕子はサングラスとマスクを外して投げ捨てた。

「これは！」

苦斗が驚愕の表情を浮かべる。

「部長がそのサングラスとマスクを投げ捨てるとき、部長の脳力は開放される」

「ええ？」

つばさは改めて夕子を見た。

「てか部長さん、美人だったんだ」

「それも飛びきりのね」

自分で言っている……。

「アンリミッター」

これも自分で言ってる。

「それで小田部さん。あなたの説をお聞かせ願いますか？」

「いいわ。聞いて驚かないでよ」

夕子は咳払いをした。

「千利休は……秀吉を暗殺しようとしていた！」

「ええ〜！」

つばさが大声を上げた。

「千利休が秀吉を暗殺？」

夕子は頷いた。

「驚いたでしょうね」

夕子はこめかみに汗を流しながらも、勝利を確信したような笑みを浮かべて鞠子を見た。

「あの千利休が秀吉を暗殺だなんて」

鞠子は噴きだした。

「あら、何がおかしいの？」

「わたくしを笑わそうとして冗談を仰ったのじゃなくって？」

「なくってよ」

夕子は釣られて答えた。

「まあ、ごめんなさい。本気で仰っていらしたのね」

鞠子は大仰に頭を下げた。

「でもだとしたら、なおのことおかしいわ」

「どうしてよ」

「お菓子でも食べて気持ちを落ちつかせてくださいな」

そう言うと鞠子は黒い菓子鉢に載せた八つ橋を夕子に振る舞った。

「これは！」

苫斗が戦慄《せんりつ》した顔を見せる。

「トマト先輩。何ですか？」

「お茶会では季節の菓子が振る舞われるけれど、二条院さんはその作法を利用して部長のパワーを削ぎにかかったのでございます」

「え？」

たしかに八つ橋を前にした夕子の軀から〝気〟が散失したような気配がする。

「二条院鞠子先輩、侮れません」

苫斗は眉根を寄せて夕子を見つめた。

ついに夕子が八つ橋に手を伸ばした。その機を逃さず鞠子が畳みかける。

「千利休が秀吉を暗殺だなんて、あまりにも荒唐無稽《こうとうむけい》な説をさも本当らしく唱えた気の迷い、少しは落ちつきましたか？」

「荒唐無稽だと思うのはもっともね。さほど鋭くない頭脳の持ち主だとしたら」

鞠子がムッとした。

「根拠はあるの？」

睦美が口を挟んだ。

「もちろんよ」

「聞かせてもらいましょうか」

夕子と睦美の間で火花が散った。

「利休は、秀吉暗殺の陰謀に加担していた。だから切腹を申し渡されたのよ」

夕子が八つ橋を食べながら言った。

「そんな記録、どこにも残っていませんけど」

鞠子が反論する。

「利休が天正十九年一月二十六日に秀吉を客とした茶会を開いたのはなぜなんでしょうね？」

夕子は〝してやったり〟といった目を鞠子に向ける。

「その茶会の一ヶ月後、利休は切腹を命じられた」

「だから何でしょう？」

「この茶会で利休は秀吉を毒殺しようとしたんじゃないかしら。それが発覚して切腹を命じられた」

「利休と秀吉は長い間、仲がよかったのですよ。利休が秀吉を毒殺しなければいけない理由は何もありませんわ」

「でも最後は切腹を命じられているのよ。これには余程、深いわけがあるはずよ」

「そうだとしても、もし暗殺の陰謀があったのなら、ほかの首謀者たちも処刑されているはずですわ」

「利休の単独犯だったら？」

「切腹のわけがありませんわ」

「え？」

「もし秀吉暗殺の廉《かど》で処刑されるのなら、切腹なんて刑じゃなかったはずです。秀吉は激怒して千利休を打ち首獄門にしたでしょうね」

夕子は言葉に詰まった。

切腹は自分の不始末を自力で処理するため〝主君から死を賜《たまわ》る〟すなわち誉《ほま》れある死とされた。

「ゆえに切腹を命じられた理由が〝秀吉暗殺を企てたから〟なんてありえないのです」

「勝負あったわね」

睦美の勝利宣言に夕子がガックリと膝をつく。

「てかサングラスとマスク取ってもスペック変わってねー」

つばさは二重にガッカリした。

「さあ北浦さん。わが〈SOJ〉へ」

「ちょっと待ってください」

苦斗が口を挟んだ。

「苦斗さん。悪足掻きはよしてちょうだい」

「いえ、千利休が切腹した理由、別の考え方があると思うのでございます」

「トマト」

夕子が希望の目を向ける。睦美が眉根を寄せた。

「別の考え方って何よ」

「女性問題でございます」

睦美がハッとした。

「それか！」

夕子の気力がみるみる回復する。

「トマト。あなた伊達に〈和風研〉の副部長をやってないわね」

「女性問題とは？」

睦美が警戒するような口調で訊く。

「千利休の娘、お吟《ぎん》です」

何かまずいことを指摘されたのか、睦美が顔を歪める。

「秀吉が、千利休の娘であるお吟を見初めて、利休に〝側近奉仕に差しだせ〟と命じたのに、利休は頑として拒んだ。それが秀吉の怒りを買って、ついに切腹となった……」

「さすがトマト」

「千利休の娘といえば、万代屋宗安《もずやそうあん》に嫁いで後家になったといわれている人ですね？」

「そうです」

三年生の鞠子に苫斗は敬語を使った。

「後家のお吟を秀吉が見初めたと」

「Yes,I do」

苫斗の代わりに夕子が答える。

「諸説あるにせよ、たしかに似たような事はあったかもしれません」

「ほら」

夕子が勢いづく。

「でも」

鞠子の口元に笑みが浮かぶ。

「秀吉がお吟を所望したと伝えられているのは天正十七年」

夕子がWahoo!で検索する。

「そうね」

「ところが利休はその後、二年間も秀吉の茶頭《さどう》をつとめ続けているのはなぜかしら」

「ウ」

「この二年間は、もし仮に秀吉がお吟を所望して千利休がそれを断ったとしても、そのことによって両者の間に亀裂が入ったわけではないことを表す事実なのではないかしら」

もし千利休の切腹の理由がお吟のことであったら、断った時点で切腹を申しつけられているだろう。少なくとも一ヶ月、二ヶ月後には命じられているはずだ。それが二年間も平然と茶頭の位置を務めているのだから、この事件がきっかけではないと見るしかいない。

夕子が再び膝をついた。

「オホホホホホ」

睦美の高笑い。

「ククククク……」

膝をついて戦意喪失していたと思われた夕子が、低い笑い声を漏らしていた。

「何なの？　小田部さん」

睦美が気味悪いものでも見るような目で夕子を見た。

「団子坂さん。あなたたち〈和風研〉の説に反論ばかりしてるけど、自分たちの答えを言ってないわよ」

撮影クルーたちの目が睦美に注がれる。

「答えは明白」

睦美は顎で鞠子に指示を与える。鞠子は軽く会釈して答える。

「聞かせてもらいましょうか、答えを」

「慌てないでください」

　そう夕子に釘を刺すと、鞠子はゆったりとした動作で茶の湯の準備を始める。

「何してんのよ」

「茶の湯は心を落ちつけます。見ている人の心も」

　そう言うと鞠子は棗から茶杓で茶を掬《すく》い、茶碗に入れる。後輩たちによって沸かされた釜から柄杓で湯を掬い、茶碗に入れると茶筅で軽く混ぜる。

「どうぞ」

　勧められるままに夕子が茶を啜《すす》る。

「結構なお点前でした」

「答えを言います」

　夕子がリラックスした瞬間を狙いすましたように鞠子が回答に入る。

「さすがでございます」

　苦斗が悔しそうに言った。

「茶を振るまって部長を心身共にリラックスさせ、闘争本能を奪った上で戦いをしかける……。上品な立ち居振る舞いに騙されるところでした。二条院鞠子さんこそ歴戦の勇者でございます」

そう言うと苫斗は鞠子を見つめる。

カメラがズームで鞠子を捉える。

「千利休は、秀吉と仲がよかったから死罪を賜《たまわ》ったのです」

誰もが言葉を発しない。

「もしもし」

ようやく夕子が反応した。

「仲がいい人に死罪を命ずる人はいないんですけど」

「そうでしょうか」

鞠子の顔には笑みさえ浮かんでいる。

「どうして仲がいいから死罪を命じたのよ。説明してもらいましょうか」

「千利休は、秀吉とあまりに仲がよかった、秀吉に可愛がられているというその境遇に安心しきって、油断をしてしまったのです」

「油断？」

鞠子が頷く。

「油断してどうしたのよ」

「山門に利休像を掲げてしまった」

「あ」

夕子の顔が蒼《あお》ざめる。

「基本を忘れていた……」

「そうですよ部長」

苦斗が涙目になる。

定説であった。

千利休が大徳寺の山門を修復し、その楼上《ろうじよう》に、釈迦《しやか》像や羅漢《らかん》像らに並べて、自らの等身大の木像を設置したことが、不遜僭上《ふそんせんじよう》の極みであると秀吉の怒りを買った。それが死罪を被った原因であるというのが一応の定説となっている。

「定説の裏を探ることばかりに夢中になって、定説の強度を忘れていた……」

「やっと気づいたの？　おバカさん」

睦美が哀れむような目を夕子に向ける。

「定説はそれが崩しようのない真実だから定説なのよ！」

睦美はさらに詳しい説明をするように、鞠子を顎《あご》で促す。

「伊達《だて》家の家臣、鈴木新兵衛《すずきしんべえ》が国元に宛てた手紙に、利休の切腹について次のような記述があります」

――宗易、その身の形を木像に作り立て、紫野大徳寺《むらさきのだいとくじ》に納められ候を、殿下様より召しあげられ、聚楽《じゅらく》の大門もどり橋と申す候《そうろう》ところに張りつけにかけさせられ候。

宗易は千利休。殿下は秀吉である。

「こうハッキリとした証拠が残ってるんじゃ、覆《くつがえ》りようがないわね」

鞠子がうなずく。

「でも、ちょっと待ってよ」

夕子が反撃を試みる。

「なにかしら」

「千利休は秀吉と仲がよかったんでしょ？　だったらそれぐらいのこと、なんとか温情を持って対処するはずよ。秀吉は権力者なんだから。死罪はないんじゃない？」

鞠子がフッと小さな笑みを漏らす。

「仲がよかったからこその死罪なのですよ」

「どういう事よ」

「利休の増長を止め、その名を後世に残すためなのです」

「あ」

苦斗が思わず声をあげた。

「もし自分の木像を山門に掲げて何のお咎《とが》めもなかったら、どうなったでしょう？」

「千利休は世間から恨まれる」

苦斗の呟きに、鞠子は頷《うなず》いた。

「それを防ぐために、秀吉は涙を呑《の》んで仲のよかった千利休に死罪を命じたのです。その甲斐あって、千利休は後の世まで名声を保っています」

「赤穂《あこう》浪士と一緒ね」

赤穂四十七士も切腹に処されたからこそ後世に名を残した。

「団子坂さん」

鞠子が睦美に声をかける。

「なに？」

「わたくし、なんだか小田部さんが可哀相になってきました」

「そうね。あまりにも惨《みじ》めだもんね」

「はい」

「どうやら勝負はついたようね」

睦美が勝利宣言をする。

「さあ北浦つばささん。ようこそわが〈SOJ〉へ。歓迎するわ」

鞠子が静かに拍手をする。

「ちょっと待って」

つばさが呟くように言った。

「どうしたの？〈和風研〉に同情することなんてないのよ」

「そうですわ。これは決まりなんですから」

「ちがう」

みなつばさに注目する。

「なんだか腑《ふ》に落ちないのよ」

「どこが？」

「どこだか判らない。でも何かが違う気がする」

「仰ってる意味がよく判りませんわ」

鞠子が少しムッとした口調で言った。

「もしかして、新人が反論を開始したのね⁉」

夕子が再び勢いづいた。

「新人って……。まだあなたたちの部に入ったわけじゃないのよ」

睦美が夕子を睨む。

「でも入る気よね？」

夕子が怖々とつばさに訊く。つばさはうなずく。

「やった」

苦斗が呟くように言う。

「一度決めたことですから」

「惚れた。おらあお前のその男気に惚れた」

夕子が感涙に噎《むせ》ぶ。

「北浦さん、あなた……」

睦美がつばさを睨んだ。

「でも文化討論に勝てなくてはどうにもなりませんわ。そうですわよね？　校長先生」

「もちろんよ」

鞠子の言葉に功刀校長はうなずいた。

「勝てそうです」

「え？」

「判りそうなのよ」

つばさは部屋の中をウロウロと歩き始めた。

「たしかに山門に利休の像を掲げたのは決定的なことのように思えるわよね。その結果、利休と仲のよかった秀吉は、泣く泣く利休に死罪を命じざるをえなかった」

「その通りよ」

「でも、秀吉と利休は、仲が悪かったように思えるんです」

「はあ?」

つばさはまた部室の中をグルグルと歩き出す。

「そうよそうよ」

と言いながらさらに動き回る。

「あたし、いままで先輩たちの議論を聞いてきて、千利休に関してはかなり詳しくなった」

「あのねえ」

睦美が呆れたような声を出す。

「いま聞いて詳しくなったレベルじゃわたしたちの議論には勝てないどころか参加もできないのよ」

「それは言えるかもです」

苦斗が泣きそうな声で言う。

「でもでも」

つばさは歩きながら目を瞑った。

「判りそうなのよ」

「うざいわ」

そう言うと睦美がつばさの前にサッと足を伸ばした。その足につばさが躓《つまず》く。

「あ！」

つばさの軀がゆっくりと倒れる。

「フッ」

その様子を見て睦美が思わず笑いを漏らした。つばさは夕子に向かって倒れた。


——ブチュ。


倒れてくるつばさを支えようとした夕子とつばさが抱きあう形になり、二人の唇が重なった。二人とも驚いた顔のまま、唇を開いた形で思いきりキスしている。その刹那《せつな》、つばさの脳天に稲妻が走った。

「ウウ〜ン」

「やだこの子、夕子とキスして悶《もだ》えてる」

つばさの様子を見てみな顔を引きつらせた。

「ちょっと！」

夕子は慌ててつばさを突きはなす。

「閃《ひらめ》いた」

つばさが呟いた。

「え？」

「頭に稲妻が走った」

「やだ、わたしはそういう趣味はないわよ。今のはただのアクシデントで」

「千利休の秘密」

「ん？」

「すべて閃いちゃった」

「千利休の秘密って……どういうことよ」

つばさは夕子には答えずに鞠子に向き直った。

「山門は関係ない」

「関係ない？」

「ええ」

「結局、秀吉と利休は仲が悪かった。だから死罪を命じた。普通に考えればそうなるわよね」

鞠子が噴きだした。

「わたくしの説を聞いてなかったのかしら。秀吉と利休は仲がよかったのですよ。そして決定的な山門事件が起きて死罪になってしまった……。それが真相です」

睦美がうなずく。

「やはりいま聞いたばかりの知識で何かを考えるなんて、頓珍漢《とんちんかん》なことしか浮かんできませんのね。それとも女同士でキスをして頭の中が朦朧《もうろう》としているのかしら」

「でもどうして二年も経ってから？」

「え？」

「利休が自分の木像を大徳寺の山門に掲げたのは山門落成の天正十七年とみることができるわね？」

「そ、そうね」

「切腹はその二年後の天正十九年よ」

「部長、北浦さんのしゃべりかた、変わってきてません？」

「変わってきてる……。なんだか賢くなったみたい」

「覚醒《かくせい》したのでしょうか？」

「見守りましょう」

苦斗はうなずくと視線をつばさに戻した。

「山門の木像が原因で切腹したのなら、どうして二年も経ってから命令が出たんでしょう？」

鞠子が顔を顰《しか》めた。それはお嬢様には似つかわしくない表情だった。

「山門が切腹の原因なら、ちょっと間延びしすぎています」

「そうよね」

夕子が納得する。

「でも何事もなかったように二年間はお咎めなしだった……」

「おかしい。たしかにおかしいわ」

夕子が呟く。

「北浦さん、あなた、人が変わったみたいに頼もしくなって」

苫斗が顔を真っ赤にさせて言う。

「どうしちゃったの？　北浦さん」

夕子も目を丸くする。つばさが夕子を振り返った。

「脳の働きが活性化されるみたいで」

「さっきの……キスで？」

つばさが恥ずかしそうにうなずいた。

「でもその効果は十三分しか続かないんです」

「十三分……」

「経験上、判ってるんです」

「何でもいいわ。反撃開始よ」

「です！」

夕子と苦斗が勢いづいた。

「部長さんと副部長さんに聞いたレクチャーはぜんぶ頭の中に入っています」

「聞いたことがある」

夕子が呟く。

「人間の脳には、計り知れない能力があるんだって」

「どういう事ですか？」

「人間の脳って、とてつもないキャパシティーがあるんだって。だから生まれてから見たり聞いたり経験したりしたことをぜんぶ覚えてるって」

「ぜんぶ？」

「そう。五歳の時の五月二十日に食べた夕飯の献立や、一度しか読んでいない本に書かれている文章もすべて脳の記憶庫に記憶されている」

「あたしは記憶されてません」

「それは思いだせないだけ」

さない」

「普通の人はそうなのよ。脳に記憶として刻まれてるんだけど、それを一生思いだ
「じゃあ」

夕子は頷いた。

「北浦さんは、わたしとキスしたことによって脳がなんらかの刺激を受けて活性化された……。そう考えられるわ」

「だから今日、一度聞いただけの千利休の講義をすべて思いだすことができた……」

「そういう事だと思うわ」

二人は期待を込めた目でつばさを見つめた。

「おもしろいわね」

睦美が口を挟む。

「それだけ大言壮語するんなら、あなたの考えを聞かせてもらいましょうか、北浦つばささん」

睦美がつばさに視線を向ける。

「もし、あなたに考えがあるのなら、ということだけど」

「団子坂さん」

功刀校長が睦美に声をかける。

「文化討論は〈SOJ〉と〈和風研〉とのバトルです。どちらにも入っていない北浦さんが相手でいいのですか？」

「それは……」

「北浦さんを相手にするということは、北浦さんが〈和風研〉に入ったということを認めることになるのですよ」

「団子坂さん。わたくしにお任せください」

鞠子が口を挟む。

「勝てばいいのです」

「そうね」

「勝てば北浦さんは〈SOJ〉に入る。それでいいですね？」

「いいわ」

つばさの代わりに夕子が答える。

「いいわよね？」

夕子が振りむいてつばさを見る。つばさは頷いた。

「部長……」

心配そうに苫斗が夕子に寄りそう。

「北浦さんを信じましょう」

「任せてください。千利休が切腹した理由が浮かんだ……いえ、判っちゃったの」

睦美の目が険しくなった。

「言ってみなさいよ。千利休が切腹した理由を！」

「仲が悪かったから」

「え？」

「二条院先輩は切腹の理由を〝仲がよかったから〟と仰いましたけど、やっぱり秀吉と利休は仲が悪かったんです。だから秀吉は利休に切腹を命じたんです」

「仲が悪いだけで死罪にするかしら」

「もう少し詳しく言うと、千利休との主導権争いに負けそうになった秀吉が、勝負を強制終了させるために千利休に切腹を命じたの」

「は？」

「何を仰っているの？」

鞠子が元気を取り戻した声で言う。

「つまりね、豊臣秀吉と千利休は、出会った時から、ずっと戦っていたのよ。どちらが上に立つかという主導権争いをね。その戦いに千利休が勝ちそうになった。それを秀吉は認めたくなかったの。二人はお互いに絶対に相手に負けたくないライバルだった。仲が悪かったの」

「だから切腹を？」

　つばさはうなずいた。

「何を言っているのかよく判りませんことよ」

　睦美がバカにした口調で言う。

「やっぱりダメか」

　夕子が呟く。

「北浦さんは覚醒して、知識は完璧に思いだせるようになったけど、それらの知識を組みあせて結論を導きだす推理力まではなかった」

　夕子の説明を聞いて、苦斗もガックリと肩を落とす。

「だいたい秀吉は天下人なのよ。主導権も何も、対した人は誰だって平伏《ひれふ》すでしょう」

「でも千利休は平伏さなかった」

　つばさは凛《りん》として言った。

「茶の理念でも政治に関してさえも、千利休は、秀吉の権力をものともせずに対抗している。二人はガチで戦ってたのよ。けっして仲がよかったわけじゃない」

「どうして断言できますの？」

鞠子が敢然《かんぜん》と立ち塞《ふさ》がる。

「千利休はとても気位《きぐらい》が高い人よ。他の人のように簡単に秀吉に平伏したりはしない」

「たとえば？」

「秀吉の怒りに触れて九州に流される大徳寺の僧侶のために、千利休は送別の意を込めた茶会を聚楽第《じゅらくだい》の利休屋敷で開いてます」

夕子がWahoo!で検索する。

「たしかに東京芸術大学所蔵の茶会記にその記録があるわ」

「秀吉のお膝元の聚楽第で……」

秀吉の怒りを買った僧侶のための茶会を秀吉のお膝元の聚楽第で開くとは、気位が高い、を通り越した大胆不敵な所業といわざるをえない。とても仲がいい人のやることではない。

「茶の湯のことばかりじゃなくて政治にもバンバン口を出しています」

「それは？」

「大坂城にいた千利休が、佐々成政《さっさなりまさ》征伐のために出陣準備をしていた丹後宮津《みやづ》の城主、細川忠興《ほそかわただおき》の老臣、松井新介康之《まついしんすけやすゆき》に、大坂の情勢を記した手紙を送ったりしています」

「単なる茶人じゃなくて、政治的な関心も旺盛だったのね」

「ほかにも薩摩の太守、島津《しまづ》義久《よしひさ》が利休宛に手紙を書いてるはずよ」

夕子がWahoo!で該当ページを探しだす。

「これね」

――この度、関白殿へ御祝儀として使節を差し上らせたから、万事よろしくお取りなし下さればありがたい次第である。今後とも、変わることなく意思の疎通を図りたい。ついては生糸十斤《きん》を進上する。

つばさは該当ページを確認した。

「誇り高い島津の太守が、町人出身の一介の茶人に書状と物を送って使節の取りなしを依頼しているところを見ると、このころの利休は政治的な発言力も強かったことを窺わせるわ」

「そうかもしれない」

「二条院さん」

睦美が鞠子を睨んだ。

「だからといって二人が対抗していたとはいえないのでは？」

鞠子が反撃を開始した。

「たしかに千利休は政治的発言力は強かったかもしれない。でもそれは秀吉がそれを認めていたからじゃなくって？」

「そ、そうよね」

睦美が勢いを取り戻す。

「けっして対立していたわけじゃないのよ。それに肝心のお茶」

「お茶？」

鞠子が頬笑みを浮かべてうなずいた。

「秀吉は、もともと茶に関しては千利休の弟子筋に当たるのよ。つまり政治のことはともかく、こと趣味の分野では、秀吉は千利休の下についても意に介さなかった。対抗しようとなどしていなかったのではなくって？」

夕子が焦った顔でつばさを見る。

「いいえ」

だがつばさは少しも焦ってはいなかった。

「政治でもお茶でも、秀吉は相手を征服しないと気が済まない人です。秀吉はもともと、とても征服欲の強い人なんです」

百姓から織田信長の家臣に取りいれられ、瞬《また》く間に出世し、本能寺の変の後では疾風《はやて》のごとき速さで明智光秀を討ち、天下人となった。

日本を征服したのである。

さらに日本を征服した後は、朝鮮をも征服しようと海を越えて出兵した。

まさに止まるところを知らぬ征服欲である。

「そんな秀吉だから、趣味であるはずの茶の分野でも、何度も千利休を屈服させようとして戦いを挑んでいるんです」

「どんな戦いですか？」

「黄金の茶室」

「あ」

鞠子が思わず声をあげて、慌てて口を押さえた。睦美が鞠子を睨む。

「千利休の神髄はわびの心です。舶来品をありがたがる風潮の中で、利休はあえて日本の簡素な道具を使って茶の湯を行いました。ところが」

つばさは鞠子を射すくめるように見つめた。

「秀吉は、そんな〝わび〟の師匠ともいえる千利休に対抗するように、黄金の茶室を造ったのです」

秀吉は、大坂城内に黄金を材料とした茶室を造ったのだ。

「わかるでしょ？　二人は、茶の分野でもずっと戦っていたの」

「千利休と秀吉は、どちらが上か、どちらが主導権を握るかの激しいバトルを何年にも渡って繰り広げていたのね」

「でも、だからといって切腹を命じるなんて」

「千利休は明智光秀とも仲がよかった」

「それが？」

「光秀は秀吉の主君を討った人よ」

「あ」

今度は睦美が声をあげる。

「自分の主君を討った人と仲がよかったって、秀吉からみたらあまり気持ちのいいものじゃないかもしれないわね」

夕子が加勢する。

「そうですとも」

苦斗も乗ってきた。

「自分の主君は殺された。そのことを考えれば、殺した光秀と仲がよかった千利休に対して〝切腹〟という言葉が頭に浮かんでもおかしくはありません。そして」

つばさが鞠子から睦美に視線を移した。

「天正十八年九月末。秀吉は利休に、最大の敗北を喫します」

「何よ〝最大の敗北〟って」

「野菊事件です」

鞠子の顔色が変わった。

「その日、聚楽第で秀吉主催の茶会が開かれます。茶頭はもちろん利休です」

座敷には黒田官兵衛《くろだかんべえ》ら三人の客が茶頭である利休を待っている。

座敷の床に天目《てんもく》茶碗が置かれ、その中に茶入れが入っていた。これは普通の飾り方だが、奇妙なことに天目茶碗と茶入れの間に、一茎《くき》の野菊が挟んであった。

「それは秀吉から利休への挑戦状でしょう」

「たしかに」

鞠子が認める。

「通常ならあり得ない光景を見て、利休が狼狽《うろた》える様子を客たちに見せようという秀吉の策略です。意地の悪い趣向です。仲がいいどころか、やっぱり仲が悪いです」

当然、客たちも利休がどのように狼狽えるかと固唾《かたず》をのんで待っている。

ところが……。

「座敷に入ってきた利休は、野菊を一瞥するも、それを気にもとめずにスッと抜いて畳の上に置き、後は何事もなかったかのように一連の所作をやり通したの」

「秀吉の面目丸潰れ……」

「そう。まるで大人と子供の勝負よ」

「じゃあ、それがきっかけになって切腹を？」

「最大の原因になったことは間違いないでしょうね。でも秀吉は、まだ我慢をします。さらに決定的な事件は、翌一月に起きます」

「一月……黒茶碗事件……」

そう言う鞠子の顔が真《ま》っ蒼《さお》になっている。

「それは？」

夕子が訊く。

「利休は一月十三日に、聚楽第で、秀吉を正客《しょうきゃく》として茶会を開いています」

「前田利家《まえだとしいえ》も参加した茶会ね」

夕子がWahoo!を駆使しながら補足する。

「はい。その茶会で利休は、秀吉の嫌いな黒茶碗をあえて使っています。利休も秀吉に対して意地の悪いことをしています」

苦斗がゴクリと唾を飲みこむ。

「それって……」

　つばさはうなずいた。

「あなたのセンスはまちがっているという、利休から秀吉への上から目線での宣告でしょう」

「つまり、自分の方が完全に秀吉よりも上だと？」

「はい。切腹命令が出たのはそのすぐ後です」

　室内に沈黙が訪れた。

「秀吉は激怒して切腹命令を出したのね」

「はい。けっして利休の名を後世に残すためではなかったんです。そして利休も秀吉に許しを請うことなく、凜として切腹命令を受けいれたのです」

　鞠子がガックリと膝をついた。

「北浦さん」

　功刀校長がつばさを見つめた。

「あなたの勝ちよ」

「はい」

「あなたは〈和風研〉に入るのね？」

「入ります」

　つばさはニッと笑って答える。

「判りました。北浦さんの〈和風研〉への入部を認めます」

「やった！」

夕子と苫斗が手を取り合って喜ぶ。

「ようこそ〈和風研〉へ」

三人は固い握手を交わした。

＊

〈和風研〉の部室でささやかな新入部員歓迎会が開かれていた。

「でも信じられない。女性とキスしたら脳力が覚醒するなんて」

夕子がつばさに言った。

「不思議なんですけど、そうなんです。なんか頭にビビッときて」

「そのお陰で文化討論に勝てたのよ」

「最後には秀吉が勝ったんですよね～」

和菓子を食べながらつばさが言った。その言葉を聞いて苫斗が噎《む》せる。

「大丈夫ですか？　トマト先輩」

「大丈夫でございます」

苫斗はようやく落ちつく。

「でもあなたがおバカなことを言ったから」

「おバカですか？」

つばさは和菓子をバクバクと食べながら訊き返す。

「そうよ。切腹という命令を出して勝負を強制終了させてしまった秀吉の負けでしょう」

「あ、そうか。相手を殺しちゃうなんて反則ですもんね」

「そういうこと。反則負けです」

「でも北浦さん、あんなに鋭かったのに」

「だから、鋭いのは十三分だけなんですって」

「十三分か」

「はい」

「十三分経ったらもう一回キスしたらいいんじゃない？」

「ダメダメダメ」

つばさは和菓子を頬張りながら首を横に振った。

「あたしは女性とキスする趣味はありませんから」

「だよね。わたしだってイヤよ」

「ですよね」

苦斗も納得する。

「それに、副作用があるんですよ」

「副作用？」

つばさはうなずく。

「どんな副作用が？」

「女性とキスをして脳力が覚醒した後は、異常な食欲に見舞われるんです」

「ええ？」

「だからさっきからバクバク食べてるんだ」

「そうです。太っちゃうんです。特に胸が」

夕子と苦斗がつばさの胸に注目する。

「たしかに大きいわね」

「歓迎すべき事じゃないかしら」

「その後のダイエットが大変なんです」

「北浦さんはプロポーションがいいから、いくら食べたって平気よ。文化バトルを観た全国の人が証人よ！」

「ちょっと待ってください」

つばさがおそるおそる尋ねる。

「全国に流れたんですよね？」

「そうよ」

「もしかしてあたしと部長がキスしたシーンも？」

「当然、流れたでしょうね」

「ヤメテエエエエ！！！」

つばさの絶叫が学園中に鳴り響いた。

第二話

松尾芭蕉《まつおばしょう》ゲーム

全裸の若い女性が広いプールの中、たった一人で抜き手を切って泳いでいた。
二十五メートルある一辺を泳ぎきり、壁に手をつくと女性はプールから上がった。
均整の取れた女性らしい軀《からだ》が露《あら》わになる。
「バスタオルを。睦美《むつみ》お嬢様」
女性は団子坂《だんござか》睦美だった。
タオルを渡したのはヒミコ女学園日本史教師、田中館光国《たなかたてみつくに》。
今日は団子坂家は睦美しかいないので、用心棒代わり、執事代わりに呼ばれたのだ。
教師と生徒……。
当然、生徒からの呼びだしなど無視すればよいのだが、田中館には弱みがあった。

（惚《ほ》れた弱み……）

田中舘は、そう自覚していた。田中舘光国は、団子坂睦美に惚れているのだ。だから逆らえない。逆らいたくない。どんな理不尽な要求でも、団子坂睦美と関わることができるのなら、受け入れてしまう。また田中舘は団子坂家に借金を肩代わりしてもらったという根本的な弱みも抱えていた。

その二つの弱みに睦美も気づいていて、田中舘をいいように使っているのだ。その積み重ねが、いつの間にか教師と生徒の上下関係を逆転させていた。田中舘は睦美以外の生徒には乱暴に対応しているというのに……。

周りの生徒は二人の関係を〝美女と野獣〟と称している。

「ありがとう」

睦美は裸の軀を隠すでもなく、堂々とタオルを受けとった。田中舘は喉《のど》を鳴らして睦美の裸身を凝視する。

睦美は受けとったバスタオルでゆっくりと軀を拭いてゆく。

胸から腹、そして太股《ふともも》……。

（睦美お嬢様のバスタオルになりたい）

田中舘は真剣にそう思った。自分に仕える田中舘の忠誠心の見返りのつもりなのか、睦美は田中舘に裸身を晒《さら》すことを厭《いと》わなかった。あるいは田中舘を人間として見ていないのか……。

野獣として見ているのなら、裸身を晒しても恥ずかしさは感じないはずである。ペットの犬や猫になら、裸身を晒しても平気なように……。

「めんどくさいわ。お前が拭いて」

そう言うと睦美は田中舘にバスタオルを渡した。

「は、はい」

田中舘は震える手でバスタオルを受けとる。学校では睦美は田中舘に敬語を使っていたが、自宅では完全に下僕扱いである。

「次の作戦は？」

田中舘に軀を拭かせながら睦美が訊いた。大奥ではお局《つぼね》の入浴後、軀を拭くのは下女の役目だったが、睦美も田中舘をそのように扱っているのかもしれない。

「水原富士子《みずはらふじこ》に話をつけてあります」

睦美の胸を拭きながら田中舘が答える。

「そう」

「俳句研究部の部長にして〈ＳＯＪ〉の影の部員……。もしもの事が起きた場合、彼女は役に立つかと」

タオルは睦美の大事な部分を拭いている。

「そうね」

躯が拭き終わると見ると睦美は全裸のままプールサイドのデッキチェアに坐《すわ》った。

田中舘は主が抜けて、もぬけの殻となったバスタオルを睦美の分身であるかのように大事そうに抱えている。

「彼女は俳句の天才です」

「松尾芭蕉《まつおばしょう》に関する知識も完璧だったわね」

「御意」

田中舘は時代がかった返事をする。

「水原富士子に話を通すとは少し大げさに思われるかもしれないけど、用心に越したことはないわね」

そう言うと睦美は立ちあがり、ロッカールームに向かって歩いていった。

＊

〈和風文化研究会〉通称〈和風研〉の部室でささやかな歓迎会が開かれていた。

「あなた本当に凄《すご》いわ」

ベレー帽を被りサングラスをかけた小田部夕子《おたべゆうこ》が生八つ橋を食べながら言う。

「ありがとうございます」

北浦《きたうら》つばさが頭を下げる。

「否定しないんですね」

そのことに逆に感激しているように苫斗《とまと》マトが顔を赤くして目を潤ませる。

机の上には京都から取り寄せた生八つ橋、東京駅で買った煎餅タイプの八つ橋などが置かれ、それぞれの湯飲みに茶が淹《い》れられている。

「いやあ、自分でも驚いてるんすよ〜。あたしにあんな才能があったなんて」

「最初はただのアホかと思ったけど、違ったのね」

「ただのアホって」

つばさの額から冷たい汗がタラリと垂れた。

「でも部長とキスをしたとたんに」

苫斗がつばさの唇を見つめる。

「驚いたわよ」

夕子が言葉を引き継ぐ。

「そうよ。どういう事なの？　キスをしたとたんに頭の回転が速くなるって」

「アドレナリンが出て、とか、そーゆーことじゃないんすかね。後は脳が刺激されて、とか……。自分でも判らないんです」

苦斗の質問につばさは、しおらしい態度で答える。

「ずっとそうなの？」

つばさはうなずく。

「でもそんな前からキスしてたの？　たとえば小学生低学年の頃は？」

「その頃はもちろん、この能力のことは気づいていませんでした」

「北浦さん。あなた、ファーストキスはいつなの？」

夕子が訊いた。

「まだです」

「まだ？」

「はい。つまり男性とは、まだです」

「じゃあ女性とだけ……。あなたレズなの？」

「ちがいます。偶然そうなっただけで……。この前の部長さんとの時のように」

「キスしたら頭の回転がよくなるのね？」

そう言うと夕子はつばさにキスをした。

ドアが開いた。

つばさの視線の先に先生《せんじょう》先生が立っている。

――ング、ング。

夕子を押しのけようとするが、夕子はつばさの軀をひしと抱きしめて離れない。

その様子を先生先生はジッと見ていた。

「いつまでやってるんですか！」

つばさはようやく夕子を押しのけた。

「あ、ごめん」

「続けたまえ」

先生先生は眼鏡の縁を右手の親指と人差し指で軽く摘《つま》んで心持ち持ちあげる仕草をする。

「君たちの〝感情に委《まか》せたままの行為〟を止める権利は僕にはない」

「勘違いしないでください」

つばさがほぼ泣き声になって抗議する。

「あたしは別に感情に委せてキスしてたわけじゃないんです」

「じゃあ小田部君の方が情熱を迸《ほとばし》らせて？」

夕子はコクンとうなずいた。

「うなずいてんじゃねえ！」

「あ、先輩を殴ろうとした」

「グッ」

つばさはあげた拳《こぶし》を空中で止めた。

「♪ヤ〜ヤ〜ヤ〜ヤ　ヤ〜ヤヤ〜」

とつぜん歌声が聞こえた。かなり張りのある声だ。スキャット部分だけで歌声の主がかなり歌唱力があることが判る。

「誰？」

一人の少女がドアを開けて立っている。スカーフの色を見ると一年生だ。

「その突きあげた拳のポーズ。『YAH YAH YAH』ね」

少女はそう言いながら部屋の中に一歩、足を踏みいれた。

背はつばさよりもかなり高いから一七〇センチに近いだろうか。パッと見、とても目立つハッキリした顔立ちをしている。

「ヤーヤーヤーとは？」

「昭和を代表するポップデュオCHAGE《チャゲ》＆《アンド》ASKA《アスカ》が一九九三年に発表した三十三枚目のシングルにしてダブルミリオンを記録した大ヒット曲」

何を言っているのだこの一年生は？

「もっともこの曲は昭和じゃなくて平成五年だけど……。フジテレビの連ドラ『振り返れば奴がいる』の主題歌よ」

「ストーカーの話ですか？」

「ところであなた誰？」

夕子が訊く。

「もしかしたらわが〈和風研〉に入部希望なの？」

「〈和風研？〉」

夕子がうなずく。

「間違えた。ここ〈昭和歌謡研究部〉じゃないんだ」

「そんな部、わが校にはありませんけど？」

だが一年生は何も答えずに踵《きびす》を返して部室を出ていった。

「なんだあの子は」

「かなり美人な子だったけど」

「そういえば……」

夕子が真剣な顔をする。

「どことなくわたしに似てた」

先生《せんじょう》先生が心持ち足を滑らせるような動作をする。

「そんな事はどうでもいいんです」

つばさは体勢を立て直す。

「小田部先輩が〝情熱を迸らせて？〟っていう先生先生の質問にうなずくから」

「ああ、ごめん」

夕子は素直に謝った。

「つい本音が出ちゃって」

つばさの顔が険しくなる。

「やはりそうか」

先生先生の眼鏡の奥の瞳が再びキラリと光る。

「部長と新入部員が情熱を迸らせて女同士、熱いキスをする……。これは充分に研究対象になる」

「ただし」

夕子が人差し指を先生先生にピタリと向ける。

（無駄な動作）

苫斗はそう感じた。

「わたしが情熱を迸らせたのは北浦さんの特殊な能力についてです」

「特殊な能力？」

先生先生の瞳の〝キラリ〟が一段と強まる。

「何だ、それは？」

「アワワ」

つばさは慌てた。

「何でもありません」

「しかし」

「今から女子だけの重要な話しあいがありますから顧問は部室から出ていってください」

つばさは先生先生の背中を押してむりやり部室から追いだす。

「なによ北浦さん。女子だけの重要な話しあいって」

「あたしの特殊能力についてです。男子には絶対に言わないでください」

「あ、逆セクハラ」

「意味が判りません」

「そういう特殊な事情は広く情報を一般に開示して」

「できません」

つばさは夕子を睨《にら》む。

「キスをしたら鋭くなるなんて知られたらどうなります？」

「人気が出る？」

「あ、出るかもです」

苦斗が目を輝かせた。

「好奇の目に晒《さら》されます」

「でも」

苦斗が人差し指を立てた。

「北浦さんが部長とキスをして鋭く変身した様子、全国中継されてません？」

「あ」

つばさが口を開けたまま閉じることを忘れている。

「ネット中継」

苦斗がうなずく。

「いまさら隠しても……」

「イヤイヤイヤ」

つばさは笑って何かをごまかそうとする。

「気づいてないっすよ〜」

「気づいてない？」

「はい」

「そんなわけないでしょ」

「たしかにあのシーンは放送されちゃったかもしれないけど、そのせいであたしの頭が鋭くなったとは誰も気づいていない」

「あ」

夕子が素で驚いた声をあげる。

「たしかにそんなアホなこと、普通だったらあり得ないもんね。キスしたから頭の回転がチョーよくなったって」

「です」

「でも」

苫斗はあきらめない。

「だからこそ報告の義務があるのでは？」

「と言いますと？」

「だってだって、キスしたら頭の回転がよくなるのなら、誰でもそうなれるってことですよね？」

「そうか」

「それを一般に利用できるようにすれば、人類の未来に貢献できる」

「あ」

また夕子が素で驚いている。

「その通りよ。すごいわ」

「大げさです」

つばさは慌てた。

「大げさじゃないわよ。これをテストの時にでも応用すれば、みんないい点が取れる」

クラスの女子が全員、テストの最中に隣の子とキスしてる光景がつばさの頭の中に浮かんだ。

「やっぱり公《おおやけ》にしちゃダメです」

「でも捨てるにはおしい能力よ」

「捨てませんけど。てか捨てられませんけど」

「だったら」

「第一、これはあくまであたしの個人的な特徴で、一般には応用できないかと」

「応用する方法を考えるのよ」

「誰が？」

「あなたが」

「どうしてあたしが」

「キスをして頭の回転がよくなった今なら、その方法を考えられるんじゃない？」

「あ」

あ、じゃねーよ！

「あたしは文系でして」

「だったら調べてもらうのよ。先生《せんじょう》先生に」

「先生先生に⁉」

「あの人、化学の先生だから」

「だからって」

「待って」

夕子が口を挟む。

「そもそもあなたの頭の回転がとつぜん鋭くなったのは、本当にキスをしたからなの？　実は元から頭の回転が速いとか」

「その可能性は……」

「ないない」

つばさはヘラヘラとした笑みを浮かべながら右手を振った。

「それはあたしがいちばんよく知ってる」

「やっぱり普段はアホみたい？」

「肯定するのも癪《しゃく》だけど、その通りです」

夕子がため息をついた。

「で、キスをすると頭の回転がよくなるって判ったのはいつ？　いつごろ気づいたのよ」

「あれは……」

つばさは顎《あご》を心持ちあげてそのときのことを思いだす。

「中学二年のときです」

「一昨年……まだそれから二年しか経ってないんだ」

「はい。プールの更衣室で、友達とふざけてるときに足を滑らせて」

「そのときに判ったのね？」

「はい。なんだか頭がグルグル回転するような感じがして……。パソコンにＤＶＤを入れたときに微かに感じる振動のような」

「頭が高速で回転し始めたのね」

つばさはうなずいた。

「そのとき、いろは歌に隠されたもう一つの暗号が判っちゃったんですよ～」

「なにそれ⁉」

「それって大発見じゃ？」

「ところが今ではすっかり忘れちゃって」

つばさは無邪気な笑顔を繰りだす。夕子は溜息をついた。

「どーゆーこと？」

「十三分しか保《も》たないんです」

「そういえばそんな事を言ってたわね」

「でもその時に閃《ひらめ》いたことまで忘れちゃうわけ？」

「はい」

「ガッカリね」

「でも」

苫斗が力強い顔をして口を挟む。

「前回の千利休《せんのりきゅう》問答は、しっかりと録画が残っています」

「そうだったわね」

「録画には残ってるけど、記憶には？」

つばさは首を横に振った。

「まあいいわ。とにかく、あなたが、わが〈和風研〉の危機を救ってくれたことに変わりはないんだから」

「ですです」

　苦斗も感激している。

「すごいです。あの二条院鞠子《にじょういんまりこ》を一年生のあなたが論破するなんて」

「そんなにすごい人だったんですか？　二条院鞠子って」

「すごい人よ」

　夕子が答える。

「わたしでも勝てたかどうか」

「負けてました」

　苦斗が即断した。

「なにしろ二条院鞠子の家はお茶の師匠だから」

「そうなんですか～」

　つばさは感心している。

「だったらお茶の技術で勝負されたらさすがのあたしでもお手上げでしたね」

　つばさは無邪気な笑みを浮かべる。

　自分に〝さすが〟って形容詞つけてる！　そのことにも苦斗は驚いた。

「いろんな意味で凄い新人ね」

　つばさが自らうなずく。

「でもよかった」

夕子が笑顔で言った。

（この笑顔……）

苫斗がしげしげと夕子の笑顔を見つめる。

（輝くような笑顔……素敵です）

思えばずっと部長と二人で〈和風研〉を切りもりしてきた。

去年の四月にはなんとか新入部員をかき集めて部の存続を確保したが、その後、団子坂一派の強烈な引き抜きに遭い、一人ずつ部員が減っていったのだ。

「ギリギリで部が存続できて」

「これで安心ですね」

つばさがニッと笑った。

「そう簡単にはいかない」

夕子の言葉につばさは小首を傾げた。

「部の存続はまだまだ安心できない」

「心配しないでください」

つばさは自分の胸をパンッと叩いた。

「あなた一人じゃダメ」

「どういうことですか？」

「五月中にあと一人、入部しないとダメなの」

「え？」

「つまりですね」

苦斗が説明する。

「あなたが入ってくれて一時的に廃部の危機は逃れたんですけど、あとひと月以内にもう一人、入部しないと廃部になる決まりなのでございます」

「今回、廃部が免れたのは一時的処理にすぎないってことよ」

「そんなあ」

つばさの胸に虚無《きょむ》が過ぎる。

「勧誘しましょう」

だがすぐに前向きなファイトが湧きあがる。せっかく入った部が入ったとたんに廃部になったのでは、やりきれない。

「勧誘ですよ。一年生を勧誘」

「もちろんやってるわ」

「ですよね」

「でもダメなの。日本文化に興味を持っている新入生って、そうはいないのよ」

「だからあなたはホントに貴重な存在なのでございます」

外が何となく騒がしい。

「何かしら」

夕子が立ちあがって窓を開けた。

「あれは！」

夕子が深刻な声をあげる。

「どうしたんですか？」

苫斗もつばさも窓から顔を突きだした。

「あ！」

苫斗が声を上げる。

二条院鞠子が登校してくる。だがその頭は丸坊主だった。

鞠子は硬い顔でうつむきながら歩いている。

「二条院さん……」

「ど、どうしちゃったんですか？　二条院さん」

「制裁よ」

夕子が深刻な顔で呟く。

「制裁？」

夕子がうなずいた。

「二条院さんはあなたとのバトルに敗れた。だから制裁されたの」

「そんな……」

「これがバトルなのよ」

つばさは部室を飛びだした。

「北浦さん！」

つばさは制服のミニスカートの裾《すそ》を翻《ひるがえ》して階段を飛ぶように降りて一階に着くと、校舎に入ろうとしていた鞠子を捕まえた。

「二条院先輩。あたしのせいで……」

「関係ありません」

鞠子は凛《りん》とした声で答えた。顔を上げてつばさをまっすぐに見ている。

「わたくしの力が足りなかったのです。だから罰を受けるのは当然です」

「でも……」

「北浦さん」

「はい」

「あなた、すごい力を持った人ね」

「そんな……」

「あなたならもしかしたら……」

「もしかしたら？」

「いえ、何でもありません」

鞠子はつばさの横を通り過ぎて校舎の中に入っていった。

「二条院先輩！」

鞠子は振り返った。

「心配してくれてありがとう。でも大丈夫。髪はまた伸びてくるわ」

鞠子が微かに頰笑んだ気がした。

＊

〈和風研〉の部室に部員全員が集まっているとき、校内放送を告げるチャイムが鳴り響いた。

——ピンポンパンポ～ン。

チャイムだと思ったが、誰かが口で言っている。

——お知らせいたします。

団子坂睦美の声に違いなかった。

——次の文化討論のテーマを発表します。

一方的に！

つばさは憤慨《ふんがい》しつつ夕子に顔を近づける。

「どうしてバトルの相手である団子坂さんが一方的にテーマを決めてるんですか！」

「テーマは団子坂さんが決めてるわけじゃないのよ」

「え？」

「コンピュータが決めてるの」

「コンピュータが……」

「ええ」

「まさか」

「本当よ。人類の英知を集めた人工知能……。先生先生が開発したプログラムよ」

「信じられないんですけど」

そういえば先生先生はわが〈和風研〉が使用しているネットの検索エンジンWahoo!も開発していたっけ。

「ネット上から日本文化に関するあらゆる情報を集めて、そこにいまヒミコ女学園に漂っている雰囲気などを加味して」

「どうやって加味するんすか、それ」

「まあいろいろ独自の基準があるらしいわ」

よく判らないけど。

「でも前回の千利休は焦った。こっちの苦手の分野だったから」

「顧問が考えたシステムがかえって敵に有利に働いているのでは?」

「それは偶然よ。先生先生が作ったシステムは完璧だから。そう信じたいわ」

——次のテーマは……。

ドラムロールが聞こえる。

「見事なボイパ」

これも口だったのかよ!

——松尾芭蕉《まつおばしょう》！

「なんですって！」

夕子が叫んだ。その顔は険しい。つばさが不安そうに夕子を見る。

「松尾芭蕉というテーマは〈和風研〉にとってどうなんですか？」

「絶望的よ」

「どうして」

「あらゆる日本文化に通じているわたしの唯一の欠点が松尾芭蕉なの」

「は？」

「わたしは芭蕉についてはあんまりよく知らないのよ」

つばさは夕子の言葉をしばし考えた。

「あらゆる日本文化に通じている人が芭蕉についてよく知らないというのも問題ある気がしますが」

「盲点だった……」

そう言うと夕子がバッタリと膝を床についた。

「僭越《せんえつ》ながら、わたしがレクチャーいたします」

苫斗が言った。

「あなた芭蕉に詳しかったの？」

「特別詳しくはないですけど、ヒミコ女学園の生徒で、しかも〈和風研〉の部員だったら当然、知っていることをレクチャーいたします」

苫斗がやや皮肉が混ざっているような言葉を吐いた。

「お願い」

ぜんぜん悪びれてない……。

「松尾芭蕉は江戸前期の俳人でございます」

「ありがとう」

「まだ終わってません」

「まだあるの？」

「当たり前でございます。今のは基本的すぎます。もう少し説明させてください」

「許可する」

上から目線！

（まあ部長だからしょうがないか……。でも教えてもらう立場で……）

とつばさは思ったが〝まあいいか〟と達観した。

「北浦さん」

「はい」

とつぜん夕子に声をかけられる。

「あなた芭蕉が俳人だって知ってた？」

「寡聞《かぶん》にして知りませんでした～。てか江戸時代にもゲームがあったんですか？」

「ゲーム？」

「朝から晩まで二十四時間、ゲームをやり続けたんですよね？」

「それは廃人」

「芭蕉は」

苫斗が話を戻す。

「伊賀上野《いがうえの》の人で、その後、江戸は深川《ふかがわ》に移り住みます。句集『おくのほそ道』が代表作でございます」

「聞いたことあるわ」

「芭蕉が門人である河合曾良《かわいそら》を伴って江戸を立ち、東北、北陸などを巡遊した五ヶ月に及ぶ紀行文なのでございます」

「はんぺんですね」

「紀文じゃなくて紀行文ね」

「俳句も載ってるんですか？」

「もちろん」

「有名な句がたくさんあったわね」

「部長。やっと思いだしていただいたんですね」

苦斗がホッとした声を出す。

――夏草や　兵《つわもの》どもが　夢の跡

「源《みなもとの》義経《よしつね》など、大勢の兵士たちが戦死した地、平泉《ひらいずみ》で詠《よ》まれた句です。かつて戦地だったこの地も、今は夏草が茂っているという感慨を詠《うた》っているのでございます」

「トマト、あなた文芸評論家になれるわよ」

「これは常識の範囲ですよ」

――荒海や　佐渡によこたふ　天の河

「雄大な句ねえ」

夕子がウットリとした表情で言う。

（さすが部長。俳句を味わう感性の持ち主だったのね）

つばさは少しホッとした。

——旅に病んで　夢は枯れ野を　かけ廻《めぐ》る

芭蕉の最後の句。

「でも、もう一つ問題が」

「なに？」

「文化討論の前に、わが〈和風研〉に新入部員が入るかどうか判らないんですよ」

「あ！」

夕子が床に拳を当てる。

「盲点だった」

「これはさすがに気づいていると思ってました」

「わたしって意外と忘れっぽい部分もあるのよね～それがまた可愛いって魅力にもなってたりして」

「ちょっと待ってください！」

つばさが悲鳴のような声をあげる。

「もし入部希望者が現れなかったら〈和風研〉は廃部になっちゃうんですか？」

部室のドアが開いた。

見覚えのある顔が立っている。

先ほどCHAGE&ASKA の『YAH YAH YAH』の一節を歌って去っていった一年生だ。

背が高く（身長一七〇センチ近い）少し痩せ形だが、半端ない目力を発している。

髪は黒くストレートで、毛先だけゆるく内側にカールしている。

「入部します」

夕子がガッツポーズを決めた。

「ガッツポーズ早！」

つばさは思わず呟く。

「まだガッツポーズをする前に確認しなきゃいけないことがたくさんありますよね？」

「たとえば？」

夕子の目がキラリと光った。

「無駄に目を光らせないでください」

「わたしの瞳はダイヤモンドの瞳なの。だからつい光っちゃうのよ。美人はつらい」

「いや、別につらくはないっすけど」

「北浦さん。それより部長に訊かれた〝たとえば？〟の答えは？」

♪　た～と～え～ば～

何だ？

入部希望の一年生が歌いだした。

♪　たとえば　たとえば　たと～えば～

みな真剣な面持《おもも》ちで一年生を見つめる。一年生も真剣な面持ちでみなを見つめ返す。

「渡辺真知子《わたなべまちこ》のデビュー四曲目のシングル『たとえば…たとえば』です。昭和五十四年、一九七九年のヒット曲。渡辺真知子はこの曲で第三〇回紅白歌合戦に二度目の出場を果たしました」

「知りませんけど」

「それがいったい松尾芭蕉とどういう関係が？」

「判りませんか？」

「まったくと言っていいほど」

「この学校に〈昭和歌謡研究会〉はありませんでした」

「そういえばあなた〈昭和歌謡研究会〉に入りたいとかほざいてたわね」

部長はたまに言葉が汚くなる。

「でもそんな部はなかったんです。〈昭和歌謡研究会〉がなかったら、次に入るべき部は〈和風研〉です」

「たしかに」

〝たしかに〟なのか？

「あなたのお名前をまだ訊いてなかったわね」

「皇海山《すかいやま》キララです」

「あなたが！」

「部長、知ってるんですか？」

夕子は静かに首を横に振る。

知らなかったんだ……。

「どういう人なの？　あなたって。どうしてスカイ山なんてカタカナの名字を持ってるの？　〈和風研〉の部長として、とても興味があるわ」

「名字は漢字です」

ふつーそうだろ。

「魁皇《かいおう》の皇に玉《たま》の海《うみ》の海、それに高見山《たかみやま》の山です」

説明聞いてもぜんっぜん判らないんですけど。

「すべて力士の名前で来たのね」

部長には判ってる！

「それもみんな昭和の力士。魁皇が引退したのは平成だけど」

そこまで判るんだ。さすが部長というべきか……。

「でも名前を聞いて、あなたがかなりの大物だってことは判ったわ」

「そうなんですか？」

夕子はうなずく。

「皇海山のス……これに皇室の皇という字が使われている。これはあなたが皇室と繋《つな》がりがある証拠！」

「う！」

なぜあたしが驚く。つばさは自問した。

「栃木《とちぎ》県と群馬《ぐんま》県の境に皇海山という山があります。わたしの先祖はその皇海山の麓《ふもと》で農家をしていました」

「だから皇海山っていうのね」

自分の推測が外れたことをぜんぜん気にしていない！

（やはり部長は大物）

つばさは確信した。

「でもこれで〈和風研〉は存続でございます！」

夕子とキララの会話をスルーして苦斗が高らかに言う。

「待ちたまえ」

いらないところで先生《せんじょう》先生！

「何でしょうか」

「入部テストを」

そうだった……。

「チッ」

部長が舌打ちした！

「説明します」

舌打ちした夕子の代わりに苦斗が皇海山キララに入部テスト制度を説明した。

「大丈夫？　皇海山さん」

つばさが心配して声をかける。

「大丈夫。知識には自信があるから」

「ほざいているのも今のうちよ」

「部長。皇海山さんの敵なんですか味方なんですか」

「どっちでしょう？」

「味方です」

「正解」

「だったら入部テストを温かい目で見守ってください」

「アイアイサー」

苦斗が夕子に耳打ちをすると夕子はうなずいた。

「俳句シリーズでいきましょう」

「では問題を出します」

苦斗がノートを取りだした。

「次の俳句の下の句を答えなさい」

プッ。

キララが小さく噴きだした！

（舌打ちした部長といい、噴きだした新人といい、意外と失礼な人たちが集まってるわ）

つばさの思惑をよそに苦斗がノートを取りだして問題を読みあげる。

「第一問。五月雨《さみだれ》を　集めて早し」

「神田川《かんだがわ》？」

つばさが答えていた。

「最上川《もがみがわ》だろが！」

苦斗がノートでつばさの腕をひっぱたく。

「ハッ。ごめんなさい。わたしとしたことが、ついカッとして」

苦斗の顔が真っ赤になる。

「かまわないわ」

「部長が答えないでください」

「ひっぱたかれて当然よ。〈和風研〉の部員として知っておかなければならない俳句を知らないなんて」

「松尾芭蕉ですね」

キララが答える。

「今度の新人は骨がありそうね」

じゃああたしは？

「♪　信濃路《しなのじ》　梓川《あずさがわ》〜」

「は？」

「は？」

「は？」

先生先生以外の全員が疑問符を発した。

「昭和五十五年（一九八〇年）に発売された森昌子《もりまさこ》のデビュー三十四曲目のシングルです。一九七七年の『八千代ふるさと音頭』をカウントすれば三十五曲目になりますけど」

「そうですか。さしあたってこの場に何の関係もない情報なので黙っててもらっていいですか？」

「わかりました」

素直！　しかも正解は梓川じゃなくて最上川だし。

「研究対象だ」

先生先生がボイスレコーダーに自分の声を記録しながら言った。

「十代という若さで昭和歌謡に関する特筆すべき知識量。これはどこから来るのか？」

苦斗が先生先生にかまわず進行を続ける。

「第二問」

「めでたさも　中くらいなり」

「家族しかプレゼントをくれなかった誕生日？」

「ぜんぜん字余りだし」

「てか北浦さんは黙ってて」

「おらが春よ」

キララが答えた。

「正解」

「やっぱりできるわね、今度の新人」

「〝今度の〟を強調しないでください」

「第三問。朝顔に　釣瓶《つるべ》とられて」

「訴える」

「どこに！」

「もらい水よ」

キララが冷静につばさの間違いを指摘する。

「これは加賀千代女《かがのちよじよ》の句よ」

キララがなおも解説を続ける。

「釣瓶というのは」

「家族に乾杯《つるべ》！」

それは鶴瓶。

「井戸にある縄をつけた桶のことよ」

「ああ、あれね……てか今時そんな井戸を使ってる人っているの？」

「加賀千代女は江戸時代の俳人よ」

「だと思った〜」

「朝起きて井戸から水を汲もうとしたら、井戸の釣瓶に朝顔の蔓《つる》が巻きついていた。その蔓をそっとしておきたくて、よその家に水をもらいに行ったってこと」

「できる！　部長より確実に」

「それはちょっと」

「でも加賀千代女って優しい感性の持ち主なんですね〜。朝顔を大事に思って自分の水汲みを犠牲にするなんて」

「その分よその家が迷惑するわ」

「合格ね」

キララの冷静な言葉を聞いて夕子が言った。先生先生がうなずく。

「これだけ知識があれば充分だろう」

「北浦さんよりよっぽど凄い新人よ」

「露骨に比べないでください」

「何はともあれ入部手続きを」

「ちょっと待った」

女性の甲高い声がした。ドラゴンクエストのテーマが鳴り響きだした。

振りむくと団子坂睦美が立っていた。

「バトルの始まりよ」

「やっぱり」

「今回のテーマは松尾芭蕉」

睦美がキララに顔を向けた。

「皇海山さん」

知ってるんだ！

「あなたもわが校、文化部の掟《おきて》、文化討論のことはご存じでしょう？」

「先ほど聞きました」

掟だったんだ……。校則じゃなくて……。

まあいいか。どっちにしろその決まり事にわが校文化部が縛られていることは確かなんだ。

つばさは腹を括《くく》った。

「フフ……」

夕子が不気味な笑い声を発し続けている。

「部長……」

つばさは、頼もしげに、しかし少し不安げにその様子を眺めた。

（部長の笑いの意味は何？）

睦美も怪訝《けげん》そうに夕子の笑いを見つめている。

「昨日の帰り、電車で坐ろうとした途端に電車が揺れて人の膝の上に坐っちゃってさ〜」

ただの思いだし笑い！

やはり大物……。

代わりに苦斗がズイと前に出る。

「わたしが相手になります」

苦斗が睦美を睨む。

「お生憎様《あいにくさま》。あなたじゃわたしの相手は役不足よ」

「言葉の使い方が間違ってます」

キララがボソッと言った。

「え？　なに？」

睦美が怪訝そうに一年生を見る。

「役不足はその人にとって役が不足という意味です。つまりその人はもっともっと大きな役こそふさわしい。これだと苦斗さんにとって団子坂睦美さんの相手なんて小さすぎる役だということになります」

なるほど。

「団子坂さんの言いたかったことは〝役者が不足〟ではないでしょうか。これだと苦斗さんでは団子坂さんの相手は務まらないという意味になります」

「合格よ」

睦美がめげずに言い放った。

「わざと間違えた言葉遣いをしてあなたを試したの」

絶対ウソだ。

「〈SOJ〉のことは知ってるわね？」

「〈和風研〉と似たようなクラブがあると聞きましたが……」

「逆ね」

睦美は余裕の笑みを漏らした。

「〈和風研〉がうちに似てるのよ」

「できたのはうちが先よ」

睦美は返すことができずにキララに視線を移した。

「皇海山さん。わが〈SOJ〉はこんな見窄《みすぼ》らしい〈和風研〉とは雲泥《うんでい》の差。部室は冷暖房完備。冷蔵庫には季節のフルーツ、アイスクリーム、ドリンクが常備。バスルームまであるのよ」

キララが唾を飲みこんだ。

「部長。キララさんが心動かされてます」

「皇海山さん。あなたは合格。わが〈SOJ〉に入部を許すわ」

「バトルが終わってからほざいてもらいましょうか、そのセリフ」

夕子がずいと軀を寄せた。

「望むところよ」

睦美も引かないどころか一歩踏みだし、二人の顔はほとんど鼻がつきそうになっている。

「勝負は明日の午後三時開始」

そう言うと睦美は〈和風研〉の部室から出ていった。

＊

家を出てから電車に乗り、田園希望ヶ丘駅に着くまで、弟と一言も口を利かなかった。

「イケメン教師のことでも考えてんのかよ」

田園希望ヶ丘駅に着いて、高校と中学、別々の道に分かれてゆくその刹那《せつな》、正樹《まさき》がつばさに声をかけた。

「ち、ちがうわよ」

つばさは人知れず悩んでいた。

「ボウッと歩いてて転ぶなよ」

そう言った途端に正樹が転んだ。つばさは噴きだした。

「覚えてやがれ」

場違いな罵倒をつばさに浴びせると正樹は中学の方向に走っていった。

「ギャッ！」

今度は噴きだしたつばさが、犬の脚を踏んづけて犬と同時に叫んだ。

「何するのよ！」

犬を散歩させていた中年の女性に怒鳴られる。犬は小型の洋犬だ。まだギャンギャンと啼《な》いている。

「すみません！」

つばさは慌てて頭を下げた。

「大丈夫？　ジョン」

ジョンと呼ばれた犬はようやく落ちついたようだ。中年女性はキッとつばさを睨んだ。

「ったく。お犬様の時代だったら打ち首よ」

「お犬様？」

「あなたお犬様も知らないの？」

「し、知りません」

「江戸時代の法律。犬を痛めつけたら死刑になるのよ」

「ひえええ」

「今が平成の世の中だって事に感謝するのね」

そう言うと女性は犬を連れて歩いていった。その後ろ姿を見ながらつばさは溜息《ためいき》をついた。

自分の本来の悩み事を思いだしたのだ。

学校に着いても授業が身に入らない。教室に入ると皇海山キララの姿が見える。

（〈和風研〉がなくなってしまうかもしれない）

そう思うと心が落ち着かないのだ。

（せっかく入った部だもの。いきなりなくなるなんて事だけはやめてもらいたい）

授業が始まるとつばさはチラリと隣の席のキララを見た。キララは無表情で授業を聞いている。

昼休みになってもつばさはいつものように食堂に行く気になれず、弁当を持って一人屋上に向かった。

「あ」

イケメン教師がいた。

「潮崎《しおざき》先生……」

「君は……」

潮崎哲也《てつや》は一人で弁当を食べていた。つばさの胸がドキドキと高鳴る。

（思えば潮崎先生とお近づきになりたくて食パン作戦を敢行したんだわ）

つばさの足が止まる。

「ここに坐《すわ》りなよ」

潮崎が自分の隣を手で指して言う。

「え？　いいんですか？」

「ああ」

潮崎が笑顔で応える。つばさはドキドキしながらも歩を進める。

「ではお言葉に甘えて」

つばさは潮崎の隣に並んで腰を下ろした。

（信じられない）

あんなに計画を練った食パン作戦は無惨に失敗して定森《さだもり》教頭と食パンを分けあう羽目になってしまったのに……。

（今こうして、憧れの潮崎先生と並んでランチを食べようとしている）

これはいかなる天の配剤か。

（運命よ！）

これからあたしと潮崎先生は、ロマンチックな愛を育むの。最初はお互いの気持ちに気づかない。でもやがて、恥じらいながらも、徐々に好きだという気持ちを、詩集などに託して伝えて……。

潮崎の唇がつばさの唇を塞《ふさ》いだ。

「な！」

瞬間的に避けようとするが、潮崎の手がつばさの後頭部を押さえて避けることができない。

「プハッ!」

潮崎が唇を離した。

文句を言おうとしたとき、潮崎が「し」と言って人差し指でつばさの唇を押さえた。

「悪い奴に追われている。恋人のふりをするんだ」

〇・一秒の間に〝潮崎先生は何を言っているのだ?〟〝そもそも悪い奴に追われているって本当なのだろうか?〟〝これは悪い夢を見ているの?〟〝それともいい夢?〟〝潮崎先生ってバカ?〟などの様々な思いが瞬間的に浮かんだが、〇・二秒後に再び潮崎先生に唇を塞がれてすべて脳裏から消し飛んだ。

今度は潮崎先生は舌を入れてこようとしている。

「ムムム……」

つばさはなんとか抵抗しようとする。

「北浦さん」

潮崎がまた顔を離す。

「これは遊びじゃないんだ!」

「は、はい」

潮崎の勢いに押されてつばさは思わずうなずく。再び潮崎の口づけを受ける。今度は舌を受けいれて……。

つばさの口の中で潮崎の舌が動く。

（あたしの男性とのファーストキス、こんな形になるなんて）

バシャバシャバシャとシャッターを連写する音が聞こえた。

「しまった！」

ようやく潮崎がつばさの顔を離した。つばさも慌てて振りむく。

カメラを構えた女子が立っている。顔は大きなカメラに隠れてよく見えない。

「君は……」

女子はカメラを顔の前から外した。見覚えのない顔だった。だがとびきり可愛らしい顔で、軀全体からも〝かわいいオーラ〟を強烈に放っている。

背は、ちょうど女子の平均値であるつばさよりも若干低いだろう。顔は顎の先が細い美人系だが、目がパッチリとしてどことなく佇《たたず》まいが小学校低学年の女の子を思わせる幼さなのだ。

髪はツインテールにまとめている。

「団子坂くん……」

「え？」

どう見ても団子坂睦美ではない。

「潮崎先生、この子、睦美さんじゃありませんよ。第一、一年生です」

「団子坂蘭子《らんこ》です」

少女はそう名乗るとペコリと頭を下げた。

「団子坂、蘭子？」

「だんご三兄弟の末っ子だ」

「だんご三兄弟じゃありません！　団子坂三姉妹です！」

団子坂蘭子は顔を真っ赤にして怒った。

（かわいい）

不覚にもつばさはそう思ってしまった。

（いけない。団子坂というからには〈ＳＯＪ〉の回し者……）

潮崎が一歩、蘭子に向かって足を踏みだした。

「フィルムを渡してもらおうか」

「デジカメです」

「だったらフィルムはないね」

簡単にあきらめるな！

「潮崎先生！」

つばさが必死の形相《ぎょうそう》で潮崎に迫る。

「この人は敵なんですよ！」

「敵？」

「そうですよ。わが〈和風研〉の敵です」

「勘違いしないでください」

「え？」

「うちは写真部どす」

写真部……。

「てかなんで京都弁？」

「最近の子ってみんな自分のこと〝うち〟って言うじゃないですか～。で、もともと〝うち〟って京都弁だから合わせてみたんです～」

蘭子は目を瞑《つむ》るほど細めて満面の笑みを浮かべる。

「だったら問題ないか」

潮崎がホッと溜息をつく。

「ありますよ！」

つばさの顔は蒼《あお》ざめている。

「と、撮られちゃったんですよ？　あの写真」

「どの写真？」

「だから」

つばさはモジモジして話せない。

「これですか？」

蘭子が潮崎とつばさにデジカメのディスプレイを見せた。

「ギャッ！」

つばさが叫ぶ。ディスプレイには潮崎とつばさがディープキッスをしている姿がアップで写しだされていた。

「こ、こ、これ、削除して！」

「判りました」

「ホント？」

「はい」

蘭子はニッコリ笑った。

「よかった～」

「今なら特別に二〇万円で削除いたします」

「よくない！」

「大丈夫だ北浦くん」

潮崎が蘭子の前に立ちはだかる。

「な、何か秘策が？」

「これだ」

潮崎はポケットからスマホを取りだす。

「ここに僕と蘭子くんを写した写真がある」

ディスプレイを開くと潮崎と蘭子がディープキッスをしている写真が写しだされた。

「何ですかこれは！」

「見ての通りだ」

「見ての通りって……どうしたんですかこれは！」

「実は先日、やはり怪しい者に追われているときに、咄嗟《とっさ》に蘭子くんに恋人のふりをしてもらって助けてもらったのだ」

「常習犯じゃないですか！」

幻滅……。

「仕方がないだろう。こっちだって追われてるんだ」

「あの」

蘭子が笑顔で口を挟む。

「そもそも潮崎先生は本当に追われているのでしょうか？」

「僕にも判らないんだ」

判らないのかよ！

「ただ」

潮崎は蘭子とつばさを交互に見る。

「そんな気がする」

気がするだけ……。

「そんなことで潮崎先生はうら若き乙女の唇を奪ったんですか？　それも二人も」

「二人？」

まだいたのか。

「とにかく、写真を公開されてまずいのは潮崎先生の方でしょう」

「痛み分けか」

いや、潮崎先生が圧倒的に不利な気がするんですけど……。

「このことは小田部くんには黙っていてくれ」

校長には、じゃないんだ……。

（まあいいか）

あたしもあんな写真を公開されちゃあイヤなわけだし。

「てか蘭子さん」

「蘭ちゃんって呼んでください」

「え、いいの？」

「はい。その代わりあなたのことはつばさって呼んでいいかしら？」

「いいけど、あたしのこと知ってるんだ」

「あなたは有名よ。小田部さんとキスをしたことで」

ギャアアアア。

「どうした北浦くん。断末魔のような声をあげて」

「いやその……」

部長とキスをした映像が全国配信された上に潮崎先生とディープキッスした写真が公開されたらどうなるんだ。

「蘭子さん！」

「蘭ちゃん」

こだわる……。

「蘭ちゃん」

「はい」

「写真を、公開しないでください」

「わかったわ」

蘭子は素直に言った。

「うちだって潮崎先生との写真を公開されたらいやどすからに」

何弁だろう。

「よし、すべて解決だ」

チョー楽天主義！

（てか、あたしの頭は今、高速回転していない）

そのことにつばさは気づいた。潮崎先生とキスをしても脳力が全開になっていない。

（これは……）

男性とキスをしても頭の回転はそのままということだろうか。脳力が覚醒するのは、やはり女性とキスをしたときだけ……。

「蘭子くんはこっちに坐って」

「はい」

素直すぎる。

「こうしてここに〈和風研〉の次期ホープと〈ＳＯＪ〉の次期ホープが集うたのも偶然だ」

偶然なんだ……。

「だがいい機会だ。二人の少女の因縁について知ってもらってもいいかもしれない」

「二人の少女って、あたしと蘭ちゃんですか？」

「小田部夕子くんと、団子坂睦美くんに関することだ」

「部長の？」

「おねえちゃんの？」

潮崎は二人に対してうなずく。

「何ですか？　それ」

「天使と悪魔だ」

「ますます判らないんですけど」

「まさか……」

蘭子の言葉に潮崎はうなずいた。

「そのまさかだ」

「ええ！」

蘭子が立ちあがる。

「ウソです、ウソです」

「本当なんだ」

「信じられない……。この世でうちだけが天使であとの人たちは全員、悪魔だなんて」

「そうじゃない」

さすが睦美の妹だけのことはある。つばさは今まで蘭子のことを〝かわいい〟と思ったことを少しだけ後悔した。

「ちがうんですか？」

蘭子がキョトンとしている。

たしかにこの子ならそう思ってもいいだけの可愛さはある。

「お姉さんのことだって言っただろう」

「そうでした」

「団子坂睦美さんとうちの部長がどうしたんですか？」

「二人は、宿命のライバルなのさ」

「それは知ってますけど」

「比喩的な意味での〝宿命〟ではない。正真正銘の宿命だよ」

「知ってます」

蘭子が言った。

「そうだったな。団子坂家の娘である蘭子くんなら当然、知っているだろう」

「教えてください」

「実は小田部夕子くんは、紫式部《むらさきしきぶ》の子孫なのだ」

「ポカ〜ン」

つばさは声に出してボンヤリする様を表現した。

「そして団子坂くんは、清少納言《せいしょうなごん》の子孫なのだ」

どう反応していいのかよく判らず、つばさは無言で蘭子を見た。

「本当よ」

「本当なんだ」

いったいこの学校はどういう学校なのだろう。紫式部の子孫と清少納言の子孫が同時に在学しているなんて。

「つまり〈和風研〉の部長と〈SOJ〉の部長は、千年前からライバル同士だったってわけさ」

潮崎はフッと溜息を漏らした。

（カッコつけてる）

つばさはそう思ったが、それが様になっていることも悔しいけれど事実だった。

「でも潮崎先生はどうしてそのことを知ったんですか？」

「それは……」

潮崎の顔に暗い影が差す。

「功刀《くぬぎ》恭子《きょうこ》校長に聞いたんだ」

「え？」

「寝物語に……」

そこまで言わんでいい。てか功刀校長と潮崎先生がベッドを共にする仲？

「これは絶対に言わないでほしい」

どこまでプレイボーイなんだ。

「潮崎先生」

「何だね？　蘭子くん」

「また奥の手を使ったんでしょう」

「奥の手？」

「命を狙われてる。寝室に匿《かくま》ってほしいとかなんとか」

「なぜそれを……」

当たってるのかい！

「功刀校長って五十歳ですよ」

「実年齢は五十歳だが、十歳は若く見える」

「たしかに」

「加えて、その肉体はまだ三十歳の若さを充分に保っていた」

「なんて事を言うんですか！」

「本当なんだ！」

そこを強調されても……。

「とにかく、団子坂睦美と小田部夕子は千年前から続くライバル関係にあることは確かなんだよ」

「でも天使と悪魔って？」

「二人はお互いに、自分を天使、相手を悪魔だと規定している」

「それって……」

「愚かなことです」

「蘭ちゃん……。あなた偉いわ。自分の血筋のことでも、客観的に見られて」

「当たり前です。天使はうち一人です！」

ある意味、睦美より強烈……。

「人は誰でも自分中心にしか考えられないものだ」

「さすが先生だけあってたまにはいいこと言いますね」

「たまにはは余計だ」

潮崎が調子を取り戻してきたようだ。

「紫式部と清少納言。どちらも自らを天使と呼ぶに相応しい才色兼備の持ち主であっただろう。そしてその子孫である団子坂睦美と小田部夕子もまた、天使と呼ばれてもおかしくない美貌の持ち主」

「でも相手を悪魔と呼ぶなんて、心は天使とは程遠いのでは？」

「That's rihgt」

「さすが英語の先生」

「それは明るい」

間違えてるし。

「二人は、やはり天使だよ」

「そうでしょうか」

妹が疑問を呈する。

「そうなんだよ。二人はお互いに相手を悪魔だと言って罵りあっている。しかし本当は、お互いを愛しているんだ」

「ええ？」

「僕には判る」

潮崎の真剣な目を見ていると、あながち出任せでもないような気がしてくる。

「根拠はあるんですか？」

「目だ。僕にはどういうわけか、人の目の中に炎が見えるんだ」

「どういう事でっしゃろ」

「その人の瞳の中に小さな青い炎が見えるとき、その人は恋をしている。誰かを愛している」

「ロマンチック！」

「蘭子の瞳がハート形になった！」

「それは比喩《ひゆ》だ。〝瞳がハート形になる〟といっても本当になるわけじゃない。ラブラブな精神状態をそう表現しているに過ぎない。だが僕の場合は、比喩ではなく、本当に炎が見えるんだ」

「怖い。潮崎先生、完全にイッチャッてる」

「ホントだよ！！！！」

珍しく潮崎がキレた。

「その証拠に、僕を見る北浦さんの瞳の中に蒼い炎を見た」

「う」

「だから僕は安心して君にディープキッスの洗礼を与えたのだ」

「だからといって犯罪ですよ？」

「罪は可愛すぎる君の方にある」

「〝あ、そうか〟じゃない」

蘭子が軽く目を閉じてつばさの肩に空手チョップを与えた。

「図星のようだね」

潮崎のことが好きだというつばさの気持ち……。つばさは反論できない。

「どうやら本当らしいですね」

つばさが潮崎のことを好きだということも、また恋する人の瞳の中に蒼い炎が見えるという潮崎の特殊能力のことも……。

「信じてくれてありがとう。そんなわけで、団子坂睦美くんが小田部夕子くんを見るとき、僕は睦美くんの瞳に蒼い炎を見た」

「まさか」

「本当だ。逆に団子坂睦美くんを見る小田部夕子の瞳にも、蒼い炎が見えたんだ」

「という事は……」

「二人は愛しあっている……」

つばさと蘭子は顔を見合わせる。

「♪ 月の光に導かれ　何度も巡り会う〜」

歌わなくていいから。

「ここは啀《いが》みあってないで、君たちの力で二人を結ばせてあげてほしい」

「結ばせてあげてほしいって、どういう意味ですか？　友情を確認させてあげるとか？」

「友情ではない。愛情だ」

「でも」

「女性でありながら女性を好きになる……。別に悪いことではない」

「そうでしょうけど」

「ホモの人はテレビをつけるとたくさん出ている」

「そういえばたくさん出てます」

「レズの人はどうしてあんまり出ないんだろう？」

「今はそのことを考察している時ではありません」

「そうだった」

「もし本当に二人がそういう体質なら、妹である蘭ちゃんが知ってるんじゃないの？」

「知りません。もしかしたらお姉ちゃん自身も気づいてないのかも」

そういう事もあるのだろうか？

「でも」

蘭子が何かを思いだしたように顎を上げた。

「お姉ちゃん、男の人に裸を見られても平気なんです」

「露出狂？」

「いいえ。女性に見られる方が恥ずかしがるんです」

「女性に……」

「だから女子更衣室とか、いつも、とても恥ずかしい思いをしているらしいです」

「それは僕の説を充分に裏づける補強材料となるだろうね。つまり男性のことは初めから眼中にないから裸を見られても平気。でも女性は恋愛の対象として考えているから見られたら恥ずかしい」

「ですね」

「冷静ですね、蘭ちゃん」

「だって特別な事じゃないでしょう？」

つばさはうなずいた。

（そういえば……）

小田部部長もあたしにキスをしたけど、さしてイヤがるふうでもなかった……。

それってもしかして……。つばさは考えを巡らす。

「ごちそうさま」

ランチ食べてたのかよ！

潮崎が箸《はし》を置く。

「そろそろ授業が始まるぞ」

「あたしたちまだ食べ終わってません」

「うちは食べ終わったけど？」

いつの間に！

つばさはある意味感心した。中学生の時は、学校で自分に敵《かな》う生徒はいないとつばさは高を括《くく》って生きていたのだ。スポーツ万能、勉強はそこそこだけど、明るく可愛いつばさはいつでも人気者で、その一挙手一投足に注目が集まる生徒だった。

それが……。

ヒミコ女学園に入学した途端、つばさをも上回るような目立つ生徒がたくさんいるではないか。

(だいたい出自からして紫式部の子孫と清少納言の子孫って、どういう学校よ)

でもそんなヒミ女――ヒミコ女学園を、つばさは好きになり始めていた。

「僕が言ったこと、判ったね？」

「無理です」

つばさは即答した。

「うちの部長と団子坂睦美さんをくっつけるなんて」

「今すぐでなくていい。心に留めておいてくれれば」

「心に……」

「ああ。それだけでも違う。ずいぶんと希望が持てる」

「潮崎先生……」

「たとえ今は戦っていても」

「♪　月の光にみっちびかれ～」

それはいい。

「でもあたしは、文化討論に勝たないと居場所がなくなってしまいます」

「勝てばいい」

「え？」

「文化討論はあくまで文化討論だ。それに勝った負けたで友情に罅《ひび》が入るわけでもないだろう」

「入ります」

蘭子が断言した。

「お姉ちゃんは全力で〈和風研〉を潰しにいきます。それで、もしお姉ちゃんが勝って〈和風研〉が潰れたら、遺恨が残りませんか？」

「それを残さないようにするのが君たちの役目だ」

「そんなあ」

「さらばだ」

潮崎はマントを翻して屋上から去っていった。

「いつの間にマントを着たのかしら」

「うち、決めた」

蘭子がピョコンと立ちあがって言った。

「何を決めたの？」

「お姉ちゃんに協力します」

「ちょっと待ってよ。それは〈ＳＯＪ〉の内側から二人をくっつけるってこと？」

「いいえ」

蘭子がニコッと笑った。

「うち、お姉ちゃんに協力したくなったの」

「協力って……」

「身内ですもの。潮崎先生の味方になるより、お姉ちゃんの味方になる。当然でしょ？」

「でも睦美さんとうちの部長をくっつけることが本当の幸せだって」

「そんなことは誰にも判らないことよ？」

つばさは反論できない。

「お姉ちゃんに協力して〈和風研〉を潰す。うちは手強いわよ」

そう言うと蘭子は去っていった。

＊

伊勢志摩《いせしま》が黒板にチョークで〝春はあけぼの〟と書いた。

伊勢志摩はヒミコ女学園の古文の教師である。

年齢は六十歳。中肉中背で、顔はやや面長《おもなが》。結婚した経験はなく、今までつきあった男性もいない。だがそれなりに独身生活を謳歌《おうか》している。ヒミコ女学園の教師の給料は高いから人生を楽しむことにも不自由しない。

「苫斗《とまと》さん」

伊勢先生が銀縁の眼鏡を光らせて振り返った。

苫斗がサッと立ちあがる。

「何をソワソワしているんです？」

「いえ、その……」

「何か始まるんですか？」

「はい。実は、そういう情報を入手していまして」

「しかし今は授業中ですよ」

「わかっています」

「授業中は授業に集中してください」

伊勢志摩がそう言った途端、緊急連絡を告げるチャイムが鳴り響いた。

＊

教室のざわめきがピタリと止まった。

緊急連絡を告げるチャイムが鳴ったのだ。先生《せんじょう》先生はかまわずに板書を続けている。

「何かしら」

つばさが隣の席のキララに訊く。

「さあ」

キララは無表情のまま答えた。

――ただいまより、文化討論を開催いたします。

また教室がざわめく。

――場所は一年一組の教室！

ざわめきはさらに大きくなった。

「この教室よ！」

「いいんですか？　先生先生。授業中に文化討論なんて」

「致し方ない。僕も一応〈和風研〉の顧問だ」

ドアが開いた。

「団子坂さん！」

団子坂睦美だった。続いて放送部のクルーが雪崩《なだれ》こむ。

「夕子は？」

睦美が教室中を見回す。

「まだだ」

先生先生が答える。

「おそい」

睦美がイラッとした様子で言う。その顔を放送部のカメラが捉える。睦美の背後には、見知らぬ三年生が立っている。

「何をやってるのよ、夕子は！」

「睦美、敗れたり」

どこからか声がした。

教室中を見回すが、クラスの生徒と放送部、睦美と睦美が連れている生徒のほかには誰もいない。

「どこにいるの？」

「ここよ」

ゆっくりとロッカーが開いた。

「部長！」

ロッカーから出てきたのは夕子だった。

「なぜそんなとこに？」

さすがの睦美も度肝を抜かれている。

「遅れて登場することであなたの焦りを誘った」

「宮本武蔵《みやもとむさし》作戦！」

キララが悲鳴のような声をあげる。

「何よそれ」

「知らないの？　つばさ」

「知らないわ」

「聞きしに勝るバカね」

「ストレートすぎる物言いを直した方がいいわよ。友達として忠告するけど」

「ありがとう」

「で、宮本武蔵作戦とは？」

「宮本武蔵と佐々木小次郎《ささきこじろう》は知ってるわね？」

「寡聞にして知りませんが？」

「江戸時代初期の剣豪よ。宮本武蔵は二刀流で有名」

「日ハムの大谷！」

「そっちは寡聞にして知りません」

「あ、野球見ないんだ」

「女子プロ野球しか見ないもので」

「かなり偏った見方」

「とにかく、宮本武蔵は武者修行の諸国巡業で六十回以上も剣豪たちと戦ったけど、一度も負けなかったのよ」

「断言するけど、その人、そうとう剣が強いわよ」

「わかってます」

「で、佐々木小次郎とは？」

「佐々木小次郎は宮本武蔵の最大のライバル。長い刀を操り、燕《つばめ》返しという必殺技を持ってるわ。で、二人が勝負をしたのが巌流島《がんりゅうじま》。俗に言う巌流島の決闘よ」

「そのとき武蔵が採った作戦は？」

「わざと遅れていった。そうやって相手をイライラさせて、勝負が自分に有利に働くように仕組んだのよ」

「卑怯《ひきょう》」

「その通り」

「うちの部長も」

「卑怯」

二人は夕子を見た。

「宮本武蔵を気取るのはいいけど、授業の間中、ずっとロッカーに隠れていたなんて」

「聞きしに勝るバカかもしれないわ」

「あたしもそう思う」

「見事だ」

ひとり先生先生だけが夕子の作戦に感心していた。

「ロッカーの中に隠れていようとは誰も思わない。そのことが敵の動揺を誘う
……。小田部くんにしか考えつかないだろうし、また実行もできまい」

それは言える……。

「部長、来てたんですか」

苦斗がやってきた。

「遅い！」

自分がイライラしてる……。

「〈和風研〉集合！」

夕子がホイッスルを吹いた。

（どこに持ってたんだろう？）

そう思いながらもつばさは夕子の元に向かった。キララはまだ入部していないので席に着いたままだ。

夕子の両隣に、苦斗とつばさが並ぶ。

「今日こそは容赦しないわよ」

夕子が睦美を見つめながら言った。

「慌てないで」

睦美がニヤリと笑う。

「あなたの相手はわたしじゃないわ」

「え？」

睦美が顎で合図をすると、部室に一人の女生徒が入ってきた。

「あなたは！」

入ってきたのは睦美の後ろにいた小柄な三年生だった。その女生徒は夕子の次のセリフを待っているように、薄笑みを浮かべながら夕子を見る。

だが夕子は次のセリフが続かない。

「水原富士子よ」

仕方がないから睦美が紹介した。

「転校生？」

「一年からいるわ！」

睦美がキレた。

「部長。水原さんは俳句の天才と謳《うた》われたわが校の有名人です」

「そうだったの」

知らなかったんだ……。

「さすがね水原さん。今までよくわたしの目をくぐり抜けてきたわね」

自分の情報収集能力が低いだけでは？

「てか小田部さん。あなたあまり友達がいないのでは？」

「そそ、そんなことはなないわよ」

慌てすぎている。

「ずっと知りたかったことがあったの」

功刀恭子《くぬぎきようこ》校長が言った。

「どっから現れてんですか！」

「ずっとこの部屋にいたわ」

「ええ？」

「壁と同じ色の布を被ってね」

「同化の術！」

校長……。

（部長より上手がいた……）

つばさは空恐ろしくなった。

「何のためにそんなことを？」

「芭蕉よ」

校長が壁から一歩、踏みだした。

「北浦さん」

「は、はい」

「芭蕉は知ってるわね？」

「もちろんです」

つばさは自信を持って答える。

「三遊亭《さんゆうてい》でしたっけ？　古今亭《ここんてい》でしたっけ？」

「落語家じゃないのよ」

「じゃあいったい？」

「俳人」

「そっちかあ～」

ほかに芭蕉がいるとも思えないが。

「で、その金原亭《きんげんてい》芭蕉が何か？」

「落語から離れて」

つばさは一歩下がった。

「芭蕉忍者説は知ってるわね？」

「ええ！」

つばさが素で驚いた。

「ええ！」

夕子が素で驚いた。

「部長」

苦斗が眉を顰《ひそ》めて夕子を見る。

「出題するわ」

校長が言った。ドラムロールが鳴り響く。よく見ると睦美のボイパだ。

「俳人、松尾芭蕉が忍者であったかどうかを検証せよ」

「手強《てごわ》い問題ね……初めて聞いた説だし」

夕子が歯軋《はぎし》りをする。

「松尾芭蕉が忍者なんて……落語家なら判るけど」

三遊亭から離れなさい。

「オホホホホ！」

睦美の高笑いが聞こえた。

「この時点ですでに勝負あったわね」

苦斗がガックリと膝をつく。

「ごめんね水原。あなたほどの人材を呼びだしておいて〝芭蕉忍者説〟も知らないお人が相手だったとは」

「かまわない。少しは気落ち、しましたが」

「五七五！」

夕子が戦慄《せんりつ》の声をあげる。水原富士子の返答が、ちょうど五七五になっていたのだ。

「感心していいのか、よく判りません」

苦斗が正直に言う。

「それでも勝負しないと試合放棄ということになっちゃうから、相手をしてあげるけど」

睦美が夕子を哀れみの目で見ながら言う。

「後は残務処理ということになっちゃうわね」

睦美は肩を竦《すく》めた。

「水原さん。悪いけど芭蕉＝忍者説を説明してあげて。それで今日のバトルをおしまいにしましょう」

「判ったわ。あなたがそれを、望むなら」

しゃべる言葉がすべて五七五！

「さすが団子坂睦美の秘蔵っ子、俳句の天才と謳《うた》われるだけはあるわ」

アホと紙一重……。

ゴングが鳴った。

「てか教室にあったんだ、ゴング」

鳴らしたのは苦斗だった。

「出身地。忍者のふるさと、伊賀でした」

苦斗のゴングに合わせたかのように富士子が言い放った。検証が始まったのだ。

松尾芭蕉の出身地は、忍者の故郷といわれる伊賀だった。

「気づかなかった……」

気づかなかったのかよ！　今まで……。

「部長。伊賀出身は芭蕉の基本的情報です」

芭蕉が生まれたのは伊賀。現在の三重《みえ》県である。

伊賀と甲賀は言うまでもなく、忍者を輩出した忍者のふるさとなのだ。

「ふるさとを、捨てて住んだの、どこでしょう？」

「ウ……」

夕子が答えに詰まる。

(本当に部長なのだろうか)

つばさがそう思った時、キララが答えた。

「江戸よ」

「そうよ。芭蕉は江戸に暮らしていたんだわ」

夕子も思いだしたようだ。

「でもそれが何？　どこに住もうが芭蕉の勝手でしょ」

「気づかないの？」

睦美が蔑《さげす》んだような目を夕子に向ける。

「部長。江戸は将軍家のお膝元です」

苫斗の言葉に夕子はハッとした。伊賀の忍者も甲賀の忍者も、ほとんどが徳川家《とくがわけ》に仕えていた。服部半蔵《はっとりはんぞう》が代表例である。
一、松尾芭蕉が忍者の輩出地である伊賀で生まれていること。
二、その後、忍者を召し抱える将軍家のお膝元である江戸に移り住んでいること。
「この二点は芭蕉＝忍者説の傍証《ぼうしょう》になります」

苫斗が不安げに言う。

「家を出て、旅から旅へ。何故《なぜ》でしょう？」

「グッ」

富士子の問いかけに、またまた夕子が言葉に詰まる。

「てか未だに水原さん、五七五……」

「そうか……」

苦斗が呟く。

「芭蕉は数々の引っ越しを繰り返している」

「どのくらい？」

つばさが苦斗に訊いた。

「それは……」

「正確には判らないけど」

皇海山《すかいやま》キララが口を挟む。

「まず生まれたのは水原先輩の言ったとおり伊賀。これはたしかに忍者のふるさとね。そこから江戸日本橋に移り住んで、さらに深川に越している」

「まるで忍者の行動だと思わない？」

睦美が言った。

敵に居所を探られないよう、あるいは攻撃をかけにくくされるように一カ所に留まらず、常に移動している。またそれは監視対象者の近くに移動したような場合も考えられる。

「たしかにそう言えるかも」

「でもそれだけじゃ」

睦美がニヤッと笑う。

「そのあとは、芭蕉は何を、したでしょう?」

富士子が夕子に問う。

「その後は、全国を股にかけて旅をしている……」

「ハッ」

キララの言葉にまた夕子が驚く。

「これは幕府からの密命が出て、その遂行のために旅に出たと考えることができる
……?」

「そういうこと」

睦美がニッと笑った。

「判ったの? 芭蕉は忍者。Q.E.D」

「国内総生産……」

それはGDP。

「デジタル・バーサタイル・ディスク!」

「それはＤＶＤ！」

てかＤＶＤの正式名称を知っててなぜ〝証明終わり〟を表すQ.E.Dが判らない？

因《ちな》みに数学、哲学用語であるQ.E.DとはラテンQuod Erat Demonstrandum語のが略されてできた頭字語。意味は〝かく示された〟で、証明や論証の末尾に置かれ、議論が終わったことを示す。

「平たく言えば〝証明終わり〟ね」

「その通り。芭蕉は忍者だった。そのことをうちの秘密兵器である水原富士子が証明したのよ」

「つまりこういう事ですか」

キララが口を開いた。

「一、松尾芭蕉は忍者のふるさとである伊賀で生まれた。二、その後、忍者を使う将軍家のお膝元である江戸に居を移している。三、その後も何度も引っ越しをしている。これは敵の目を欺《あざむ》くため、あるいは敵を監視するための、すなわち忍者としての行動と見ることができる。四、最後は芭蕉は旅に出ている。これも忍者の隠密活動、諜報《ちょうほう》活動の一環としてみれば違和感がない」

「お見事」

睦美が言った。

「皇海山さん。あなたのその把握力、能力はわが〈SOJ〉にこそふさわしいわ」

キララが頷《うなず》く。

――ング！　ング！

つばさがくぐもった悲鳴をあげる。

「な、何をなさってるの？」

睦美がこめかみに冷や汗を流しながら、なおかつ少しだけ顔を引きつらせながら尋ねる。

その視線の先には夕子がつばさに思いっきりキスをしている姿があった。

「アアン」

つばさが悶《もだ》え声をあげる。

「北浦さん、どう？」

唇を離した夕子がつばさに訊く。

「来た……」

夕子が期待を込めた目でつばさを見つめる。

「あなたたち、この大事なバトルの最中にご自分たちの趣味、性愛の愉《たの》しみに耽《ふけ》るとはどういう了見なの？」

睦美の瞳の奥に幽かな炎が芽生える。それは怒りの炎か、それとも……。

「いや、これにはいろいろと深い情事、いや事情が」

「もういいわ。それより皇海山さん。わが〈ＳＯＪ〉に入ってくれるわね？」

キララがうなずこうとした。

「ちょっと待って」

つばさが止める。

「なに？　エロ女子高生さん」

「誰がエロ女子高生だ！」

キララの言葉に顔で笑って本気で怒っているつばさだった。

「北浦さん。わたしはエロ女子高生の仲間になるのはイヤよ」

「誤解だって」

「往生際が悪いわよ」

睦美がつばさを睨む。並の高校生だったら睦美の眼力に畏《おそ》れいるところだが、頭脳がフル回転状態に入ったつばさには通用しない。

「勝負はまだ終わってないわよ」

「どういうこと？」

「芭蕉の話よ」

睦美の目が険しくなった。

「芭蕉が忍者だった。たしかにおもしろい説よね」

「でしょ？」

睦美が自慢げに応える。

「でもその説は皇海山さんも知ってた」

「始まりましたわ」

苫斗が呟く。

「北浦さんの頭脳高速回転が始まったのでございます」

夕子がうなずく。

「北浦さんにキスをするというわたしの作戦が見事に当たったのよ」

「ですね」

何の衒《てら》いもなく自慢する夕子に苫斗はビミョーな感じを抱いたが、夕子の行為が功を奏したことは事実だった。

「研究対象だ」

先生先生がつぶやく。

「観察したところによると小田部君が北浦君にキスをした。その結果、突如として北浦君の頭脳が飛躍的にその働きを高めたように見受けられる。しかもこの現象は今回だけではない」

「先生先生《せんじょう》。あまり深く考えないでください」

「いや、深く深く考えたい。研究したい」

「セクハラになりますよ」

「つまり」

苦斗と先生先生の会話も耳に入らなかったのか、つばさはさらに睦美と富士子に対して言葉を発する。

「誰でも知っているような芭蕉＝忍者説を説いても手柄にはならないわ」

「手柄など、欲してません。失礼な」

「欲したところで手柄を受け取る権利は水原先輩にはない」

「何ですって」

睦美の目が吊りあがる。

「芭蕉＝忍者説をQ.E.Dしてもまだ負けを認めないなんて、どうしてよ?」

「言ったでしょう。そんな説は、何も水原先輩でなくても検証してる」

「だったらどうすればいいの?　考えはあるんでしょうね」

「あるわ」

「聞かせてもらいましょうか」

「もし芭蕉が忍者だったら、何を目的に旅をしていたのかまで解明しないといけないってことよ」

睦美が言葉に詰まる。

「ただ旅をしていた。それだったら普通の俳人にだって当てはまるでしょ」

睦美は答えられない。

だが……。

「フフフフフ。フフフフフフフ。フフフフフ」

「めげるどころか水原富士子が不気味な笑い声を発している！　何か考えがある！」

てか笑い声まで五七五……。

「それだけは、誉めてあげるわ。着眼点」

「ありがとう」

つばさは短いスカートの裾の両端を両手で摘んで軽く膝を曲げて頭を下げた。

「そんな事、こちらは百も、承知です」

「え？」

富士子の言葉につばさは虚《きょ》を衝《つ》かれた。

「合点承知の助よ」

睦美の言葉が何を意味するのか、つばさにはよく判らなかった。

「試してガッテン！」

こっちは判る。

「芭蕉が『おくのほそ道』を著した当時、幕府が何を最も警戒していたのか判る？」

睦美がつばさに迫る。

「富士山大噴火？」

「たしかに江戸時代に富士山は大噴火を起こしてるけど」

「え？　ホント？」

テキトーに言ったことが当たっていたからつばさは自分で驚いた。

「だけどそれは宝永《ほうえい》四年（一七〇七年）よ。芭蕉とは時代が違う」

「芭蕉が『おくのほそ道』に旅立ったのは元禄《げんろく》二年（一六八九年）よ。富士山大噴火の前」

睦美の言葉をキララがつばさに解説する。

「だったらいったい？」

夕子が唾を飲みこむ。

「その当時、幕府の気懸《きが》かり、伊達《だて》藩よ」

「伊達藩……」

天下を統一していた徳川幕府だが、唯一、伊達藩だけは反乱の危険性があった。遠い昔、豊臣秀吉《とよとみひでよし》の天下統一に、最後まで抵抗したのも伊達藩の始祖、伊達政宗《まさむね》だったのだ。

「つまり」

睦美がさらに一歩、踏みこむ。

「芭蕉が東北に旅立ったのは伊達藩の動向を探るため。俳句を作っていたのはその本当の目的を悟られないためのカモフラージュよ」

「HKT……」

夕子が膝をついた。

「Q.E.D です。何ですか、HKT48に間違えるとは。一つも合ってないじゃありませんか」

苦斗が珍しく夕子を責めた。

「今度こそわが〈SOJ〉の完全勝利よ」

睦美が勝利宣言をする。

「さあ皇海山さん」

睦美がキララに手を伸ばした。キララもうなずき、睦美が伸ばした手に自分の右手を伸ばす。キララが睦美の手をしっかりと握ったと誰もが思ったが、実際に睦美の手を握ったのは夕子だった。

「ん？」

睦美の手を握った夕子がキョトンとしている。

「あ、あなた何をしているの？」

睦美の顔が真っ赤になっている。夕子の顔も真っ赤だ。

「離してよ」

いつの間にか蘭子がやってきて、夕子の手を引っぱり睦美と握手をさせたのだ。

夕子は焦りながらも睦美の手を離した。

「なにやってんのよ蘭子！」

「お姉ちゃん、いい加減に小田部さんと仲直りしなよ」

蘭子の言葉に睦美は虚を衝かれ、言葉が出ない。

「蘭ちゃん……」

つばさが蘭子を見て呟く。

「二人とも、相手が好きなんでしょ？」

ストレートすぎる！

そうつばさは思ったが、蘭子の気持ちがうれしかった。

「バ、バカなことを言わないで」

睦美の顔の赤さはまだ引かない。

「そ、そうよ」

夕子の顔の赤さも負けていない。

「小田部夕子を潰すことが、わたしの使命なのよ」

「それはこっちのセリフよ。団子坂睦美を倒すことがわたしの使命よ」

「わかったわ」

蘭子があきらめたように言った。

「それが二人の愛情表現なのね」

「だから、違うって」

「いいわ。うちもお姉ちゃんに協力する」

「え？」

「愛しあうのも宿命なら、戦うのも宿命かもしれないもんね」

「蘭ちゃん……」

「それに、覚醒したつばさは強敵よ」

「わかってるわ」

睦美の顔の赤みがいつの間にか引いている。

「北浦さん」

まだ興奮から冷めやらぬ夕子がつばさに声をかける。

「遠慮は無用よ。〈SOJ〉を叩きのめして」

「わかりました」

つばさも覚悟を決めた。

「叩きのめすも何も、叩きのめされたのは〈和風研〉の方なんですけど」

「その通りね」

さっそく蘭子が睦美に加勢する。

「芭蕉＝忍者説を水原さんが完全に検証した。そしてあなたがイチャモンをつけた旅の目的に関しても〝伊達藩の動向を探るため〟という完璧な理由を提示した。もうあなたたちの勝ち目は完全になくなったのよ」

「第一」

睦美が姉妹の連係プレイを発揮してトドメを刺しに来る。

「肝心の皇海山さんが、もう〈SOJ〉に入るところよ」

「ちょっと待って」

「待ったなし」

「変だと思わない？」

つばさが富士子の顔を見つめる。

「変？」

睦美が訊いた。

「ええ」

「何が変なの？」

「水原先輩」

初めて富士子が不審げな顔を見せる。

「あなたが言った〝奥の細道＝伊達藩の動向を探る〟説だと、変なところが出てくるでしょう」

「変なとこ　それはいったい　どこでしょう？」

「松尾芭蕉は、伊達藩以外のところも回ってるわよ」

そう言うとつばさはキララを見た。

「そうね」

キララはうなずく。

「たしかに松尾芭蕉は江戸を出発した後、まっすぐに伊達藩に向かってはいます」

「ほらごらんなさい」

「でも伊達藩を通り過ぎた後は、大きく日本海側を通って帰路に向かいます」

つばさはうなずくと富士子に向き直る。

「伊達藩とは関係ない地を旅しているんです。これは〝伊達藩の動向を探る〟という説とは相容《あいい》れませんよね？」

「それは……」

睦美が苦渋《くじゅう》の色を浮かべる。

「目的を達していきなり江戸に帰ったら怪しまれるでしょ。だからカモフラージュのために日本海側を通ったのよ」

「キララ」

つばさはキララに視線を切り替える。

「芭蕉の日本海への旅は、カモフラージュというレベルだったの？」

「そういうレベルは超えてるわね」

キララが即答した。

「まず北限の平泉中尊寺《ひらいずみちゆうそんじ》から日本海側に回るんだけど、秋田、新潟はおろか、金沢まで足を伸ばして、さらに福井、滋賀、名古屋から伊勢、故郷の伊賀まで行っている」

「ホントに俳句の旅だったとか」

「いいえ」

　つばさの目がキラリと光った。

「この旅は〝芭蕉＝忍者説〟を踏まえた上でも充分に説明できます」

「バカな」

　睦美が鼻で笑った。

「伊達藩視察説を否定した上で、さらに新しい説なんて築けるわけがないでしょ」

「でもすべての事実がそれを指し示しているんです」

「言うわね」

　睦美の声は少し震えている。

「新説を、そこまで言うなら、教えてよ」

「キラ。松尾芭蕉が奥の細道で旅をしていたのは元禄二年（一六八九年）だったわね？」

「そうよ」

「その頃、幕府が最も気にかけていたことは何かしら？」

「だからそれが伊達藩なのよ」

「そうかしら」

　つばさの顔にはどこか余裕が感じられる。

「伊達藩はたしかに油断がならない藩だけど、豊臣秀吉に対していたのは織豊時代の話よ。江戸時代が始まる前なのよ」

「そうよね」

夕子が感心したように相槌《あいづち》を打つ。

「芭蕉の時代は元禄よ。徳川幕府が最も安定して、元禄 繚乱《りょうらん》と言われたぐらい華やかな時代よ。そんな時代にわざわざ俳人を装って探りを入れるかしら」

反論できない。

「芭蕉といえば有名人。俳諧《はいかい》の師匠よ。つまり目立つ存在。忍者って、目立たないことを良しとする存在じゃないかしら」

「それはそうよ。でも、だったらあなただって〝芭蕉＝忍者説〟を証明できないでしょうが」

「そんな事はないわ」

つばさの顔に笑みが浮かぶ。

「目立った方が都合がいい任務があるのよ。忍者にもね」

「目立った方が都合がいい？」

「ええ」

「あるわけないじゃない、そんな任務」

「それがあるの」

つばさは余裕の笑みを浮かべて睦美を見た。

「何なのよいったい。目立った方が都合がいい任務って」

「生き物に対する情報を集めること」

「はあ？」

睦美がキョトンとした後、噴きだした。

「何それ」

今度は笑いだす。

「生き物に対する情報って、意味わかんないですけど」

だが富士子は不安げな顔を見せる。

——冬の日や　馬上に氷《こほ》る　影法師
つばさが言った。

「これも生き物の句よね」

「俳句には生き物が多く詠われている。当たり前じゃない。芭蕉だけじゃなくて小《こ》林《ばやし》一茶《いっさ》だってそうよ」

——雀《すずめ》の子　そこのけそこのけ　お馬が通る

つばさはうなずいた。

「そう。俳句には生き物がつきもの。するとどうなる？」

「知らないわよ」

「生き物に関する情報を集めていても、不自然に思われない」

「あら。芭蕉って動物学者なのかしら」

「そうじゃないわ。忍者よ」

「蝦蟇《がま》の妖怪にでも化けるつもり？　古池や　かわず飛びこむ　水の音」

「キララ。芭蕉が奥の細道への旅をしていた時代、幕府にとって最も関心の高かった事柄は何かしら？」

「それは……」

キララの脳内歴史年表が開かれる。

「生類憐《しょうるいあわ》れみの令ね」

「あ！」

睦美が思わず大声をあげる。

「どういうこと？」

夕子はまだ判っていないようだ。

「まさか……」

苦斗が何かを判ろうとしている。

「芭蕉は動物学者だった！」

夕子の言葉はみな無視している。

「生類憐れみの令は知ってるわよね」

「もちろん知ってるわ」

答える睦美のこめかみ辺りから、汗が一筋、流れ落ちる。

「天下の悪法と名高い法律ね」

「悪法？」

「犬を木の棒で叩いたら死刑になるとか」

「お犬様！」

夕子も思いだしたようだ。

徳川第五代将軍、徳川綱吉《つなよし》によって一六八七年に発令された法律。

「元々は動物を大事にしましょうっていう趣旨の法律だったのよね」

「そう。それがやがて生き物をすべて大事にしましょう、生きとし生けるものすべてというふうに変わっていった」

「たとえば？」

「鳥も虫も猫も、とにかく生きてるものすべてよ。キララ、記録はある？」

「貞享《じょうきょう》二年（一六八五年）に江戸城内の台所で鳥類、貝類、海老《えび》の使用をやめる綱吉の仰せがあったという貼紙がされている。この時点を生類憐れみの令の始まりとする説もあるわ。二年後には食物としての魚鳥類の生体売買を禁止する触れが江戸の町に出されているし。その後は松虫やきりぎりすを売った町人が牢屋《ろうや》に入れられている。元禄七年（一六九四年）には金魚を飼っている者はその数を届けるように命じられている」

「ありがとう」

つばさは向き直る。

「これだけあらゆる動物を守る法律だったの」

「だけど犬だけ有名よね。お犬様っていって」

「それはね、この法律を施行した徳川綱吉が戌《いぬ》年生まれだったからよ」

「え？」

「江戸に野良犬が多かったっていう事情もあったけど、今の東京中野に犬の収容小屋を作ったの。とにかく飼い主のいない犬はすべてその収容所へ入れた」

「その数、四万匹以上」

「そんなに……」

「だから犬がとりわけ有名になったのよ。綱吉は別名、犬公方《くぼう》と呼ばれたわ」

「元禄十五年（一七〇二年）には犬を傷つけた橋本権之助《はしもとごんのすけ》という幕臣が死刑になっています」

「犬を傷つけて死刑……」

「それほど幕府はこの法律の遵守《じゅんしゅ》に躍起になっていたのよ」

「そう。動物を虐待することに対する政府の取り締まりはどんどんエスカレートしていった。やがてそれは密告者を生むようになる」

「密告者？」

「あの人が犬を虐《いじ》めてましたとか、あの人が金魚を殺しましたとか、あの人が鳥をもちで捕まえました、鯉《こい》を捕って食べました、とか……」

「怖い時代ね」

「でもさすがに地方までは目が届かない」

「当然よね」

「で、幕府はどうするか」

「地方を回って情報を集める必要がある……」

「その通り。そのために地方に忍者を放つ」

「それが芭蕉だっていうの？」

つばさはうなずいた。

「芭蕉が伊賀で生まれたこと。その後、幕府のお膝元の江戸に移り住んだこと。何回も住居を変えていること。これらのことから、芭蕉が忍者であっても何ら不思議はない。その芭蕉が、生類憐れみの令が布かれている最中に、日本を隈《くま》無く回るような旅に出た」

「考えてみれば唐突ね」

「幕府に命じられて、諸国の生類憐れみの令事情を探ってたと考えれば時期的にもピッタリと合うわ」

生類憐れみの令が発令されていた期間は一六八五年から一七〇九年まで。

芭蕉が『おくのほそ道』の旅に出たのが一六八九年。

「調査にはちょうどいい時期ね」

夕子の言葉に苦斗が力を込めてうなずく。

「期間的にはちょうどいいでしょうけど、具体的な証拠はあるの？」

「芭蕉が江戸深川を発つ時に詠んだ句」

「う」

富士子が声を詰まらせる。

「どういう句なの？　水原さん」

——行春《ゆく》や　鳥啼《なき》魚の　目は泪《なみだ》

「言われてみれば、出発の歌にしてはやけに悲しい調子ね」

「これは虐待された小動物の悲しみを詠った歌だと思わない？」

つばさはうなずく。

——閑《しずか》さや　岩にしみ入《いる》　蟬《せみ》の声

「その句が何か？」

「ちょっと変だと思わない？」

「どこがよ」

「蟬の鳴き声って、普通、うるさいでしょ」

「そういえばうるさいわね。たくさんの蟬が一斉に鳴いているところなんかホントにうるさい」

「江戸時代なら今よりも、もっとたくさんの蝉が鳴いていたんじゃないかしら。それなのに〝閑かさや〟ってどういうこと？」

睦美はつばさの言葉を考えている。

「これはもしかしたら、閑かなのは人間の方かもしれないわね」

「え？」

「どんなに蝉がうるさくても、それを捕まえることもできない。そんな、手も足も出ない、何もできない人間を〝閑か〟だと表現したのかもしれないわ」

――むざんやな　甲の下の　きりぎりす

「これなんか虐待の現場、そのものね」

「ほかにも小動物を詠った歌には枚挙に遑《いとま》がないほどよ」

――啄木《きつつき》も　庵《いおり》は破らず　夏木立

――野を横に　馬牽《ひき》むけよ　ほとつぎす

――這出《はひ》でよ　かひやが下の　ひきの声

――汐越《しおごし》や　鶴はぎぬれて　海涼し

「ホントだ。数が多すぎて細かく数えあげてる暇もないわね」
枚挙＝細かく数えあげること
遑がない＝ひまがない
「芭蕉は旅に出る前にもこんな句を詠んでいます」

――おもしろうて　やがて悲しき　鵜《う》舟哉《かな》

「悲しいのは取り締まられた鵜飼い人の方かしら」
「また『おくのほそ道』以外の有名な句集に『猿蓑《みの》』がありますけど、その巻頭句も意味深いと言えます」

――初しぐれ　猿も小蓑を　ほしげ也《なり》

「雨に打たれている猿に蓑を貸してやるような慈悲を持って接しろということを言いたいのかもしれないわね」
「皇海山さん」

「〈和風研〉に入ります」

キララはハッキリと言った。

「芭蕉に関する水原先輩の造詣《ぞうけい》の深さにも舌を巻きました。でもやはり『おくのほそ道』の目的は生類憐れみの令の地方情勢の調査だと看破した、北浦つばささんの説に、より惹《ひ》かれます」

「やった！」

「小田部部長、よろしくお願いします」

つばさがガッツポーズをした。

＊

〈和風研〉の部室で皇海山キララの歓迎会がささやかに催されていた。

「歓迎会を開いていただいてありがとうございます」

八つ橋の山を前にしてキララが頭を下げる。

「これで〈和風研〉は安泰ですね」

「そうはいかないのよ」

「え？」

「六月末までに部員が五人にならなければ、その部は解散させられるの」

「またですか⁉」

「今度が最後」

「校則では、部員が五人になれば、その部は無期限に存続できます」

「あと一人必要なのか」

「探します」

「キララ」

「せっかく入った部です。消滅するのはイヤだわ」

「一緒に探しましょう」

つばさの言葉にキララはうなずいた。

「でも驚いた」

「何がよ」

つばさが八つ橋を頬張りながら訊く。

「つばさ、とつぜんあんなに鋭くなるんだもの」

つばさがゲホッゲホッと噎《む》せた。

「だいじょうぶ？」

「らいじょーぶれす」

なんとか答える。

「北浦さんはね、女性とキスすると脳が高速で回転を始めるの」

つばさが茶を噴きだす。

「何ですかそれ」

「言った通りの意味よ」

「やめてください」

「北浦さん。真実をいつまでも隠しておくことはできないわ」

「この場合は隠してください」

「手遅れです」

苫斗が指さす先を見ると、夕子がキララにレポート用紙を突きつけていた。

「何を見せてるんですか？」

「あなたの特殊能力を箇条書きにまとめたものよ」

「やめてください！」

「すべて読み終わりました」

「速！」

「女性とキスすると脳が活性化して特殊能力を発揮すること。ただしその能力は十三分しか持続しないこと。また力を発揮した後は副作用として異常に食欲が増進すること」

「だからこんなに八つ橋を食べてるのよ」

「ただしあんまり太らない。摂取した養分はぜんぶ胸に行ってしまうから」

「そこまで言わないでください」

「何でそんな大事なことを今まで言わなかったの？」

キララがつばさを見つめながら問う。

「だって今日までそんなに親しくなかったじゃん」

「でした」

新人二人の遣りとりを先輩二人が温かく見守る。

「でも今日からは仲間よね」

「だね」

「もし能力増進の必要がある時は、わたしに言って。わたしがキスしてあげるから」

「けっこうです。女性とキスをするような事態には陥りたくないの」

「興味深い」

先生《せんじよう》先生が入ってきた。

「たしかに北浦くんは小田部くんとキスをした時に異様に脳力が昂進した。これはおそらくキスを交わしたときに分泌されるホルモンのせいだろう」

「ホルモン？」

「人はキスをすると、脳内にオキシトシンというホルモンが分泌される。このホルモンは人間の本能的な営み……たとえば性愛におけるオルガズムなどに影響を与えるのだ。さらに心理的な面、感情の高揚にも関わってくる」

「それが脳力に影響を？」

「間違いないだろう。口は脳に最も近い性感器官でもあるから、キスの影響は侮れない。オキシトシンのほかにエンドルフィンというホルモンもキスによって分泌されるが、これにも気分を高揚させる働きがあるとされている。おそらく北浦君の場合は、これらのホルモンの量が、人並み外れて多いのではないだろうか」

つばさがポカンとした顔で瞬きをしながら先生先生を見ている。

「いずれにしろこれからの研究が大事だ。小田部くん以外の者にキスされた時はどうなるのか？　これは実験をせねばなるまい」

「出ていってください」

つばさが先生先生を追いだす。

「先生先生に調べてもらったら？」

「遠慮《えんりょ》します」

夕子の提案をつばさは却下した。

「それより新入部員を探さなきゃ」

「そうね」

「でも今さら入部希望者なんているんですか？　今回は皇海山さんが入ってくれたけど、もう新学期が始まって二ヶ月も経っているんですよ？　どこかに入りたい人は、もうとっくに入っているんじゃ？」

「ひとり心当たりがあるわ」

夕子が言った。

「途轍《とてつ》もない人材がね」

そう言うと夕子はニヤリと笑みを浮かべて八つ橋を頬張った。

第三話

出雲《いずも》の阿国《おくに》ゲーム

ヒミコ女学園の渡り廊下をビキニスタイルの生徒たちがそれぞれ派手な羽根飾りをつけて踊りながら歩いてくる。

「な、何なの？　これ！」

北浦《きたうら》つばさが叫ぶ。

渡り廊下には派手なサンバミュージックが鳴り響いている。みなそれぞれ自分のものだろうか、色とりどりのビキニを着ている。成熟した軀《からだ》の生徒ばかりだから三年生の集団だろう。

「色っぽい人たち」

皇海山《すかいやま》キララが呟く。

「この人たちは……」

「渡り廊下踊り隊でございます」

苫斗《とまと》マトが答える。

「なんすかその〝渡り廊下走り隊〟のパクリみたいなユニット名は」

「ヒミコ女学園ダンスフェスティバルに出場するチームでございます」

「ダンスフェスティバル？」

「はい。わがヒミコ女学園で毎年、五月に開かれる、熱狂のダンスの祭典なのでございます。その練習なのでございます」

通りがかった男性教師たちが、ビミョーな顔つきでビキニ軍団を眺めている。凝視したいのを立場上、さほど関心がないような態度を取り繕《つくろ》っているようにも見える。

「つまり、リオのカーニバル的な？」

「当たらずといえども遠からず」

「当たらずというのは？」

〝遠からず〟は判るとして。

「わがヒミコ女学園ダンスフェスティバルは、リオのカーニバルの範囲を完全に超えているのでございます」

「待て待て待て待て」

「どうしました？」

「すみません命令形を使ってしまって。でもトマト先輩が〝ヒミコ女学園ダンスフェスティバルはリオのカーニバルの範囲を完全に超えています〟なんて戯《たわ》けたことを仰るから」

「ホントですよ？」

「は？」

「規模は本家に比べてかなり小さいですけど範囲は超えています」

「と仰いますと？」

「ヒミコ女学園ダンスフェスティバルには日本舞踊も含まれていますから」

「それだけで〝超えてる〟宣言！」

まちがってはないかもしれないが……。

「あれを見てください」

苦斗が指さす方を見ると着物を着た生徒が二人、踊りながら歩いてくる。

「あれが日本舞踊……」

「いえ、あれは歌舞伎の舞踊ですね」

先頭に立つ女性は笑顔が魅力的な、活発そうな生徒だ。その後ろには、やや控えめな着物を着た生徒がつき従うように踊り歩いてくる。

「あたし歌舞伎よりも宝塚の方に興味があって。歌と踊りに憧れる～」

「どちらも好きな人にはたまらない魅力があるんでしょうね」

「てかトマト先輩、うちらに敬語は使わなくていいっすから」

「別に敬語を使っている意識はなくて、普段の言葉でございますから」

「そうなんすか〜」

「それよりあなたたち、同じクラスだったのですね」

「はい」

皇海山キララが答えた。

「キララが〈和風研〉に入ってきて、ようやく気がついたようなていたらくでやんして」

「どこの言葉ですか」

すでにつばさとキララはお互いを下の名前で呼びあっている。

「あなたたちだってフェスティバルに出ていいのよ」

いつの間にか〈和風研〉の三人の後ろに立っていた三島由起子《みしまゆきこ》に声をかけられる。三島由起子はシンプルなグレーのスーツを着ている。

「一年生でも出ていいんですか？」

「もちろん」

「でもチームを組めないわ」

キララは出る気なのだろうか。

「あら、一人だっていいのよ」

「ホントですか？」

「やる気さえあったらね」

そう言うと由起子はその場で服を脱ぎだした。

「三島先生！」

『タブー』のメロディが鳴り響く。

「ちょっとだけよ」

そう言うと由起子はブラウスとスカートを脱ぎ捨て、ブラジャーとショーツだけの姿になった。

「な、何をやってるんすか！」

「一年生だけじゃなくて教師も出場ＯＫなの」

「だからって服を脱がなくても」

男性教師たちが由起子の周りに集まってくる。その輪を突き破るように下着姿の由起子が腰をくねらせながら歩いてゆく。

「い、色っぽい歩き方」

「モンロー・ウォークね」

キララが言った。

「モンロー・ウォーク？」

「マリリン・モンローの歩き方よ。秘密を教えましょうか？」

マリリン・モンローは一九五〇年代、六〇年代に活躍したハリウッドの女優だ。永遠のセックス・シンボルとも呼ばれ、絶大な人気を誇った。残念ながら三十六歳の若さで急逝《きゅうせい》。

「何よ、秘密って」

「あの独特の歩き方はね、左右のヒールの高さを少し変えて歩いていたのよ」

「そんな工夫をしてたんだ」

「三島先生！」

年配の女性の金切り声がした。

「何をやってるんですか！」

古文の伊勢志摩《いせしま》先生だ。

「モンロー・ウォークです」

「なんで裸で歩いているのかを訊いているんです」

「歩いているのではありません。伊勢先生、これは天照大神《あまてらすおおみかみ》を誘《おび》きだすアメノウズメの踊りなんです。由緒《ゆいしょ》正しき踊りです」

天照大神は『古事記《こじき》』『日本書紀《にほんしょき》』に登場する日本神話の女神で、皇室の祖神、さらには日本民族の総氏神《そううじがみ》とも言われている。スサノオの姉であるが、ある時、弟のスサノオのあまりの乱暴ぶりに怒り、天《あま》の岩戸《いわと》と呼ばれる洞窟《どうくつ》に隠れてしまった。その洞窟はピタリと閉ざされ、世界は闇に包まれた。その時、洞窟の外で楽しそうに踊り歌い、天照大神を誘きだしたのがアメノウズメなのだ。

天照大神は太陽を神格化したものと考えられているから、この逸話は皆既日食を表しているとも考えられている。

「だからといってその格好……恥ずかしくはないんですか！」

「この踊りの芸術性は崇高《すうこう》なものです。その証拠に、天照大神が誘きだされたではありませんか」

「天照大神が？」

「伊勢先生のことです」

「まあ」

伊勢志摩がポッと頬を赤らめた。

「あほらし」

つばさはそう言うと溜息らしきものを漏らした。

「ねえ、ちょっとあれ見て」

キララが指さした方を見ると、薄衣をまとった一人の女子生徒が校庭の真ん中で踊っている。

由起子も踊りをやめ、ラジカセの『タブー』を止めて校庭の女子生徒に目を遣った。身長は一六〇センチのつばさよりも少し高いぐらいだろうか。プロポーションが抜群によかった。胸も大きく、ウェストは大きくくびれている。太股には適度に肉がつき、それらの肉は軟らかそうだ。

顔は、美人と可愛いの中間ぐらい。首のつけ根辺りまで伸びた黒髪には緩やかなパーマがかかり、唇が厚く、肉感的だった。

そして……。

その女生徒がまとっているのは、薄いピンク色の一枚布だけだった。

「ねえ、あの子、あの布の下、何も着てないんじゃない?」

つばさの言葉に、キララが目を凝らす。

「そうみたいね」

下着も着けていない全裸の上に、薄い一枚の布だけをまとっているのだ。薄いピンクの布に下の素肌が透けて見える。

「いやらしい」

思わず由起子が呟いていた。

(人のこと言えないと思うけど)

つばさはそう思った。呟いた由起子自身がブラジャーとショーツを身に着けているだけなのだ。だが、由起子の言いたいことはよく判った。踊っている女子生徒は、堪《たま》らなく色っぽいのだ。

「官能的ね」

キララが呟く。

「官能的すぎるのよ」

由起子が敵愾心《てきがいしん》を露わにした。

「ナイスバディね」

「エロいのよ」

由起子が吐き捨てるように言う。

「ねえ」

つばさが何かに気づいたようにキララに話しかける。

「なに？」

「あの子、うちらのクラスの子じゃない？」

「え？」

つばさに言われてキララは改めて踊っている子を見た。

「ホントだ」

見覚えがあった。そのとき、急に強い風が吹いた。

「あ！」

誰が声をあげたのか。踊っている子か、見ている子か……。

踊っている子がまとっていたピンクの薄衣が、風に飛ばされたのだ。

踊っていた子は校庭の真ん中で全裸で立ちつくしていた。

＊

功刀恭子《くぬぎきようこ》校長は校長室に田中舘光国《たなかたてみつくに》を呼んだ。

「三島先生のことは聞いていますね？」

「謹慎のことですかな？」

「そうです」

三島由起子は一週間の謹慎処分を受けた。

渡り廊下で下着姿になり、モンロー・ウォークで練《ね》り歩いたことが問題視されたのだ。その行為を最も激しく糾弾《きゆうだん》したのは古文教師の伊勢志摩だった。

さらに薄衣一枚で踊っていた女生徒——生井沢桃香《なまいさわももか》は、一週間の停学処分を喰《く》らった。

二人が渡り廊下、および校庭で行ったダンスの練習はダンステロと見なされたのだ。

「驚きましたな。私は実際にはその場面を目撃していませんが、聞いたところによると下着姿で踊ったとか」

「嘆かわしいことです」

「まったく」

「そして今度は田中舘先生」

「はい」

「あなたの噂《うわさ》です」

「私の？」

「そうです。田中舘先生のよくない噂を聞いています」

「それは、どういう？」

田中舘は乱杭歯《らんぐいば》を剝《む》きだすようにして訊き返す。

「あなたと我が校の生徒が、ただならぬ関係に陥っていると」

田中舘の顔色が変わった。

「本当なのですか？」

田中舘は項垂《うなだ》れることで肯定の意を表す。

「やっぱり」

功刀校長は溜息をついた。

「すみません」

「これは由々しき問題です」

「しかし」

田中舘の声は普通に喋っていても胴間声《どうまごえ》のように聞こえる。

「何が問題なのでしょう？」

「教師が生徒の奴隷《どれい》になる。それが問題でなくて何でしょう」

「奴隷だなどと……」

「言い逃れはできません」

功刀校長はピシャリと言った。

「わたしはすべて把握しています」

「いったいどうやって……」

ついに田中舘も自分が生徒の奴隷と化していることを認めた。

「団子坂《だんござか》さんから聞いたのです」

「まさか……」

田中舘が驚愕《きようがく》の表情を浮かべる。

「本当です」

「どうして睦美《むつみ》さんが……」

「睦美さんではありません」

「え？」

「蘭子《らんこ》さんからです」

「蘭子……」

「団子坂三姉妹の末っ子、一年生です」

田中舘は怪訝《けげん》そうな表情を浮かべる。

「なぜ蘭子君が」

「彼女は」

功刀校長は言葉を切った。

「〈ＳＯＪ《スタディ・オブ・ジャパン》〉と〈和風研〉が友好的な関係を築くことを願っています」

「まっとうな意見と思えますが……」

「そしてそのために努力を惜しまないと言っています」

「それは……」

「断固、阻止するのです」

功刀校長は凜《りん》とした声で言い放った。

「〈和風研〉を叩《たた》き潰《つぶ》すのです。そのためには友好など必要なし」

「校長……」

「いいですか。ヒミコ女学園にとって〈和風研〉は邪魔な存在なのです」

功刀校長はまっすぐに田中舘の濁《にご》った目を見つめた。

「ヒミコ女学園は理事長のものです」

「でしょうな」

「そしてわたしは、理事長の懐刀としてこの学園の校長になるよう頼まれました。このことを話したのは初めてだったわね？」

「初耳です」

「つまり理事長とわたしは一心同体です」

田中舘は警戒するような目を功刀校長に向ける。

「その理事長の前線基地とも言える存在が〈ＳＯＪ〉なのです」

「ふむ」

「そのことは判りますね？　理事長の娘さんである団子坂睦美が部長を務める〈ＳＯＪ〉は、そのままヒミコ女学園の全生徒を統括する立場にあります」

「次女、三女も今や〈ＳＯＪ〉の一員ですな」

「その通り」

「ところがその〈SOJ〉に敵対する組織が存在するのです」

「〈和風研〉……」

「はい。なので〈和風研〉を、のさばらせていてはいけませんし、慈悲深い団子坂三姉妹の末っ子、蘭子さんの気持ちも間違いだと正さなければなりません」

「どうやって？」

「〈和風研〉を消滅させればいいのです」

功刀校長は〝わかった？〟というように首を傾ける。

「田中舘先生、あなたが協力を約束するのなら、生徒の奴隷と化しているあなたの問題も不問にします」

田中舘はゴクリと唾を飲みこむ。

「あなたが団子坂睦美に熱を上げ、その奴隷と化していること。教師にあるまじき行いです。しかし許しましょう」

「あ、ありがとうございます」

田中舘は思わず礼を言った。

「その代わり、あなたもわがヒミコ女学園連合国の一員となるのです」

功刀校長は理事長―校長ラインを、第二次世界大戦における連合国側に準《なぞら》えた。

連合国はアメリカ、イギリス、フランスなどで、その敵となった日本、ドイツ、イタリアは枢軸国《すうじく》と呼ばれる。

（〈ＳＯＪ〉は日本文化を研究する部なのだから日本が属する枢軸国に準えた方がいいのでは？）

と一瞬、思った。

（だが勝つのは連合国……）

田中舘は慎重な様子でうなずく。

「そこで」

功刀校長は机の引出から書類を出した。

「連合国の一員となった証として、我が校の株を購入してください」

「株？」

「そうです」

「どういう事でしょう」

「これは理事長からの通達でもあります」

「団子坂理事長からの……」

ヒミコ女学園は学校としては珍しい株式会社となっている。ほとんどの学校は法人立形式を採っているが、それは学校法人ならば政府から補助金が出て運営しやすいからだ。だがその分、厳しい条件をクリアしなくてはならないし、また設立後の法的制約も多い。

その点、株式で広く資金を集めて設立された株式会社立学校では、政府からの厳しい条件もその後の制約もない。すべて経営者＝理事長の思う通りの運営ができるのだ。

ヒミコ女学園の設立者、団子坂登《のぼる》は、その点を重視し、ヒミコ女学園を株式会社立とした。

当初は、自己資金で全株式の五一パーセントを出資し、旧知の間柄であった功刀恭子が五パーセントを受け持った。残りの四四パーセントは一般から募集した。

だがその後、増資を重ね、その分、一般の株主の比率も高まり、現在は団子坂登の持ち株比率は四六パーセント、功刀恭子の持ち株比率は四パーセントと変化している。

それらの事情を功刀校長は図を駆使しながら田中舘に説明した。

「運命共同体といえるわたしと理事長を合わせてちょうど半分の五〇パーセント。もちろん理事長勢力に反対する者などいないと思うし、仮にいたとしても五〇パーセントを占める一般株主が全員、反対勢力であるわけがないから、これ以上、持ち株比率を高める必要もないのだけれど……」

功刀校長は田中舘に顔を近づけた。

「用心に越したことはないから」

田中舘は唾を飲みこみ、頷いた。

「いくらなんですか？　我が校の株は？」

「一株一万円」

「一万……」

「それだけ買ってくれればいいわ」

「一株だけで？」

「ええ。たとえ〇・〇〇一パーセントでも、五〇パーセントを超えればこちらは安心だから。もっとも、資金に余裕があればもっと買ってくれてもいいのよ」

功刀校長は初めて笑みを浮かべた。

＊

小田部夕子《おたべゆうこ》は紫式部《むらさきしきぶ》の子孫だった。

「本当なんですか？　それ」

つばさは慎重に訊く。どこかにトラップが隠されているような気がする。

「本当よ」

夕子は諦《あきら》めたように言った。

放課後の部室には四人の人間がいる。

部長の小田部夕子。

副部長の苫斗《とまと》マト。

新入部員の二人。北浦つばさと皇海山《すかいやま》キララ。

「家系図が残っているとか？」

「紫式部の時代から残っている家系図なんてあるわけないでしょ」

夕子は生八つ橋の箱を開けた。

「ですよね。江戸時代とかなら判りますけど」

「これは文書とかじゃないの。わたしのうちに先祖代々、口頭で伝えられてきた極秘事項なの」

「その極秘事項を、あたしなんかに教えていいんですか？」

「わたしたちは一心同体よ！」

夕子がつばさにキスしようとする。

「やめてください」

つばさは冷静にかわす。

「たとえ一心同体だとしても、部長が紫式部の子孫かどうかは別問題です」

「信じられないの？」

「信じられないし、それとキスするのはまた別の話です」

「北浦さん。これは本当のことなのです」

苦斗マトが言う。

「暗黙の秘密なのよ」

「だいたい秘密は暗黙ですけど」

苦斗の顔が赤くなった。

「本当なの？　キララ」

つばさがキララに訊いた。

「なんでキララに訊くのよ⁉」

夕子が切れた。

「すみません部長。でもキララは膨大な知識量を持ってるから、もしかしたら知ってるかもしれないって思ったんです」

「そんなことまで知ってるわけないでしょ」

「ですよね」

「小田部夕子部長は、紫式部の六十四代目の子孫です」

「知ってたんだ！」

一同が驚いた。しかも何代目かまで。

「はい。以前、紫式部の系譜について調べたことがあります。そのときに……」

いったいどうやって……。

「すごいわ」

夕子は素直に驚いている。

「ものすごい新人が入部してくれましたね」

苦斗が目を輝かせている。

「たしかに」

夕子はうなずいた。

「でも知識だけじゃダメ」

夕子が凜とした顔で言った。

「わたしのこと、ゆうこりんと呼んでもいいわよ」

「意味が判りません」

「夕子が凜とした顔で話す時、わたしはゆうこりんとなる！」

「部長、素敵です！」

苦斗が目を輝かせる。

「新しい武器を手に入れたんですね！」

いま思いついただけだろうとつばさは推測したが黙っていた。だいたい、ゆうこりんとなったところでスペックは変わらないだろうとも思った。

「あの、知識だけじゃダメって……」

自分のことを言われたとあってキララが質問する。

「たしかにキララの知識は特筆ものよ。最高のスペックと言っていい。それに北浦さんのディベート力」

ディベートとは討論のことである。過去二回の文化討論で、つばさは相手を打ち負かした。それはディベート力ももちろんだが、そのディベート力はたしかな推理力、洞察力あってのものだろう。もちろん、キララの半端ない知識力がなくてはどだい、討論に勝てるはずもない。

「これも最高のものよ。二人の能力はわが〈和風研〉歴代最高級のものでしょう。たとえつばさの能力が十三分限定だとしても……。でもそれだけではダメ」

「ええ？　知識とディベート力があってもダメなんですか？」

「ダメね」

「いったい何が足りないんですか？　美貌ですか？」

「美貌なら飛びきりの美貌があるわ」

「ですね」

「ですね」

「でございますね」

つばさとキララと苦斗が同時に答えた。誰しも自分のことを想定していることは明らかだった。

「キララまで」

「トマト先輩まで」

みな互いに相手のことはさほど美人とは思っていないようだ。

「足りないものが美貌じゃないとすると……」

つばさが考える。

「実技よ」

「ハッ」

キララが声に出して驚いた。

「わかったようね」

キララが床に膝をつく。

「そこまで落ちこむこと?」

「わたしはブキッチョなの」

「なんとなく感じていた」

「つばさ……」

「なるほど。日本文化の神髄を追求する〈和風研〉にしてみれば、知識も重要、推理力、洞察力に裏打ちされたディベート力も必要。でも同じように、実技の力も必要なんですね？」

「その通りよ」

　夕子が八つ橋を食べながら答える。

「俳句の実作もそうだけど、茶の湯の所作や踊り……。これらをうまく実演できる人がいれば、鬼に金棒なのよ」

「部長が鬼ですか？」

「そう、わたしが鬼で潮崎《しおざき》先生が金棒って余計なことは言わなくていい～！」

　一人ではしゃいでいる。

「部長の言う通りかも」

　キララが認めた。

「さすが紫式部の子孫だけのことはある」

　少し上から目線。

「部長は自分が紫式部の子孫だということをマスコミに発表するんですか？」

「いつかはするわ」

夕子は断言した。

「でも今はダメ」

「どうしてですか？」

「考えてもみて」

夕子はいつの間にか二つ目の八つ橋に手を伸ばす。

「証拠がないのよ」

「ですよね」

「でも発表の時期は近づいている」

「どうして近づいてるんですか？」

「わたしの宿命のライバルがこの学校にいるからよ」

「宿命のライバル……」

「すなわち清少納言《せいしょうなごん》の子孫が！」

夕子は八つ橋を食いちぎった。

「部長、迫力あります」

「団子坂睦美さんですね」

夕子はうなずく。

「でも、紫式部の子孫と清少納言の子孫が同じ学校にいるなんて、そんな偶然が

「……」

「確率的にはありえる」

　部屋に入ってきた先生先生《せんじよう》が言った。

「先生先生！」

「もちろん少ない数値だが、それでもゼロではない。ということは、理論的には起こりうるということだ」

「運命よ」

　夕子が言った。

「宿命のライバルである二人が同じ高校で出会ったのも、避けられない運命だったのよ」

「だから〈和風研〉と〈ＳＯＪ〉も対立してるんですか？」

「かもね」

「♪　かもね　かもね　そ～かもね」

「それは？」

　キララがとつぜん歌いだしたことに誰もが度肝《どぎも》を抜かれている中、先生先生が冷静に質問を発した。

「一九八二年、昭和五十七年にヒットした、シブがき隊の二曲目のシングル『１０

0%…SOかもね！』です」

シブがき隊は一九八〇年代に活躍したアイドルグループだ。先生先生はメモを取った。

「メモ取らなくていいでしょ」

「つばさ。あなたは知らないでしょうけど、先生先生は筋金入りのオタクなの」

「ええ？」

「オタクという呼び方は正確ではない」

先生先生の銀縁の眼鏡がキラリと光った。

「自分の興味の対象に徹底的に向きあうことができる者……〝選ばれた人間〟なのだよ」

「選ばれし者……」

「あ、〝選ばれた人間〟よりも〝選ばれし者〟の方がいいか」

素直な先生先生。

「そんな先生先生にとって、キララの昭和歌謡という趣味は、微かに触れあう部分があるんじゃないかしら」

「なるほど」

「でも団子坂さんが清少納言の子孫だってホントなの？」

つばさはキララに訊いた。

「ホントです」

「知ってた！」

「三年前、京都を旅したときに、古民家の蔵で偶然見つけた古文書に清少納言の系譜が書いてあって、その子孫の名字が団子坂に変化しているという記述がありました」

学会には発表したのかしら。

「いまヒミコ女学園に紫式部の子孫と清少納言の子孫の二人が、偶然、在籍しているとは……」

「これが運命でなくて何なの？」

「たしかに」

「そのことを団子坂さんは知ってるの？」

「知ってるわ。団子坂家の調査能力はわたしの調査能力よりぜんぜん上だから。残念だけど」

「でしょうね」

「今までは水面下で静かな戦いをしていたけれど、お互いに最上級生になって部長にもなった。もう遮《さえぎ》るものはなにもない」

苦斗が息を呑む。

「問題が一つある」

先生先生が言う。

「何でしょう？」

「部員が足りない」

「あ」

「ヒミコ女学園では、六月末の時点で部員数が五名に達していなければ、その部は解散しなければならない」

「先生先生、なんとかしてください」

「僕は〈和風研〉がなくなれば自分の時間が今よりもたくさん持てるようになり都合がいい」

「そんなあ」

部室内が暗い雰囲気に包まれた。

「スカウトしたい子がいるの」

そんな雰囲気を吹き払うように夕子が元気な声で言った。

「誰ですか？」

「あなたたちと同じクラスの子よ」

「誰ですか？」

「生井沢桃香」

「あ」

珍しく先生先生が声をあげる。

「あの子か」

「はい。ダンスフェスティバルの練習中に校庭の真ん中で全裸になった子です」

「あの子ならいけるかもしれない」

「ホントですか？」

先生先生のつぶやきに苦斗が反応する。

「あの踊り、並の踊りじゃない」

「先生先生でも判りますか？」

「小田部くん。〝先生先生でも〟とは何だ。失礼なことを言うもんじゃない」

「文字通り失礼しました」

夕子は素直に謝る。

「そうか……」

苦斗が何かに気づいた。

「踊りがすごいということは、実技……〈和風研〉に欠けていたもの！」

「そうよ」

苦斗の言葉に夕子がニヤリと笑みを浮かべる。

「生井沢さんが入ればわが〈和風研〉は鬼に金棒」

「ゆうこりんに八つ橋」

「でも、生井沢さんは停学中です」

「もう解けたわ」

ドアが開いた。

三島由起子が立っている。

「ほう。これは珍しい。〈和風研〉を目の敵《かたき》にしている三島先生がこの部室にやってくるとは」

「三島先生は〈和風研〉を目の敵にしているんですか?」

つばさが夕子に訊いた。

「初耳よ」

夕子が答える。

「おそらく先生先生の勘違いね」

「よく見抜いたわね」

目の敵にしてたのかよ!

つばさも驚いたが夕子の驚きは尋常なものではなかった。

「それはそれとして、三島先生は謹慎中では？」

「謹慎は今日の授業が終わるまで。すなわちすべての授業が終わった今は、わたしはもう謹慎中ではないの。謹慎は解けたのよ。この子と一緒にね」

由起子の後ろから、一人の女生徒が進みでた。

「生井沢さん！」

つばさとキララの同級生……生井沢桃香だった。

「わたしが呼んだのよ」

「部長が？」

夕子はうなずいた。

「言ったでしょ。スカウトしたい人材がいるって」

「もう手を回してたんですか」

「手を回してたとはあまりいいイメージの言葉じゃないわね。なんだか〝事件が明るみに出ないように手を回す〟とか」

「〝手を回す〟には一、手段をめぐらす。二、手を尽くして探索する。三、密かに働きかける、の三つほどの意味があります」

キララが言った。

「さすが歩くウィキペディア」

先生先生がつばさの合いの手をメモに取る。

「なにメモってんですか」

「〝皇海山キララは歩くウィキペディア〟と。重要なことだ」

「お手紙をもらいました」

桃香が口を挟んだ。

「部長さんから、お手紙をもらったんです」

生井沢桃香の声は官能的だった。言葉がその肉感的な唇から漏れるたびに、先生先生の軀《からだ》がビクン、ビクンと小さく震える。

桃香の声はけっして大人びているわけではない。それどころか、小学生の女の子の声のように可愛らしい声をしているのだ。だが微妙なアクセントが色っぽく聞こえさせている。さらにそれらの言葉が肉感的な唇から漏れることによって、相乗効果をもたらせていると考えられる。

「うちの踊りをとても褒めてくれて」

さすが部長……。

つばさは感心した。

生井沢桃香という実力者がいることを探りだし、入部するように手紙を送る。おそらくそれらのことを休み時間を利用して強大なパワーを発揮して高速で行《おこな》ったに違いないとつばさは思った。

「素晴らしい踊りだったわ」

夕子の言葉につばさとキララがうなずく。

「まるで出雲阿国《いずものおくに》が現代に蘇ったみたいだった」

「出雲阿国？」

「歌舞伎の創始者といわれている女性よ」

「へえ〜」

出雲阿国は織豊期の女性芸能者。

天正（一五七三年〜一五九二年）のころ、出雲大社《いずもたいしや》の巫女《みこ》と称して神歌などを歌い踊った。その踊りに簡単な所作を加えて阿国歌舞伎としたところ、爆発的な人気を得て模倣する者が続出し、それが女歌舞伎へと発展してゆくのだ。

「もしかして生井沢さん、出雲阿国の子孫だったりして」

「どうしてそれを……」

桃香の顔が蒼ざめた。

そうなのかよ！

「まさか、そんな偶然が」

「キララ、どうなの？」

「本当です」

「本当だった！」

先生先生が驚愕した。てかキララの言葉は無条件で真実？

「キララ、どうして判ったの？」

「わたしが中学一年生の時、田舎の古民家の蔵で偶然見つけた古文書にそのことが……」

また古民家の蔵！

どうしてキララは田舎の古民家ばかり訪ねているのだろう？　もしかして『お宝鑑定団』の隠れスタッフなのだろうかとも思ったが、つばさは追及しなかった。

「おどろいたわね」

夕子が言う。

「出雲阿国の生涯は不明な点が多いけど、田舎の古民家の蔵の古文書に書いてあったのなら本当ね」

すごい信頼！

（キララのウルトラスーパー知識量がその言葉の信頼性を高めているんだわ）

つばさはそう判断した。

「生井沢さんがまさか本当に出雲阿国の子孫だったとは。そしてわたしが無意識レベルでそのことを察知していたとは」

察知していたんだ……。

「部長は天才です」

苦斗が追従《ついしょう》する。

「さすがのわたしもおどろいたわ」

由起子が言った。

京都国立博物館に、阿国が『茶屋遊び』という演目を演じている様子を描いた〝阿国歌舞伎図〟が残っている。これは桃山時代、十七世紀の作だとされ、阿国が男装をしているのが判る。

「で、生井沢さんは〈和風研〉に？」

「入ります」

「やった！」

「これが運命のような気がするんです」

「よく言ったわ」

「生井沢さん、よろしく」

「ちょっと待った」

由起子が待ったをかけた。

「わたしがどうして生井沢さんをここまで連れてきたと思ってるの？」

「それは、三島由起子先生が見かけによらず親切だから？」

「甘い」

親切じゃないんだ……。

「入部テストを監視するためよ」

「あ」

部長は忘れていた……。

「そういえばそんなようなものがあったわね」

「第一問」

「三島先生が出してどうするんですか！」

「そうですよ。三島先生は部外者なんですから問題を出すなんて許されないですよ」

「許す」

「先生先生……」

「第三者が介入することによって、入部テストの公平さがよりアップすると考えられる」

「さすがわが宿命のライバルね」

先生先生と三島由起子先生も宿命のライバルだったんだ！　何が起きてもおかしくないヒミコ女学園だった。

「わが〈和風研〉の顧問である先生先生が認めたのなら仕方がないわね」

夕子も諦めたようだ。

「わかりました。三島先生。では問題を出してください」

「問題は生井沢さんにふさわしく、実技の問題といきましょう」

「望むところです」

先生先生が答える。生井沢さん抜きで話が進んでいる！

「あらためて第一問」

桃香がゴクリと唾を飲みこむ。

「テーマは〝性愛〟」

「性愛？」

由起子はうなずいた。

「男女の性愛を踊りで表現してください」

「なんですって！」

夕子がガタッと立ちあがった。

「そんな……。一年生の生井沢さんには無理です」

三年生ならできるのだろうか？

「いや、できる」

先生先生が断言した。

「そうね」

キララも同意する。

「生井沢さんは見るからに色っぽいわ。さぞかし数多くの男性経験、恋愛経験を持ってることでしょう」

「なるほど。これは生井沢さんにとってはうってつけの問題」

「ないんです」

桃香が泣きそうな声で言った。

「ないって何が？」

「男性経験が……。恋愛経験ゼロです」

「ウソ」

「本当です」

つばさとキララは顔を見合わせた。

「わたし、奥手で」

「信じられない」

「どんなに信じられないことでも、それが残った最後の仮説なら、それが真実だ」

先生先生が言った。

「それシャーロック・ホームズの名言ですよね」

「その通り」

「使い方が微妙に違ってるような気もしますが」

「細かいことはいい」

他人のことだと細かいことを追及するのに！

「うち、奥手で内気なんです」

桃香が話を戻す。

「とてもそうは見えないけど」

キララがボソッと言った。

「そうよ。内気な人があんな露骨な衣装で、大勢の前で大胆な踊りを踊れる？」

「でございます」

苦斗もそう相槌を打って桃香の答えを待つ。

「踊るときだけ、夢中になって内気の虫がどこかに行ってしまうんです」

「踊るときだけ……」

「はい。普段のわたしは、男性と話すこともできないんです」

「それは極端でしょ」

「本当です」

「男性恐怖症とか？」

「まさにそうだと思います」

「どうしてそんな事に？」

「小六の時に電車で痴漢に遭ってからです」

「かわいそうに」

先生先生が呟いた。

(先生先生にも人間的な気持ちがあったんだ)

つばさはそう感じた。

(考えてみれば先生先生はアイドルオタクだから、人間的な感情は豊かなのかもしれない)

それがなかなか表に現れないだけで……。

そして……。

生井沢桃香も本当の姿をなかなか周囲に認めてもらえない人なんだ……。

世の中にはそんな人が多いのだろうか？

「それはそれとして」

　先生先生が話題を強引に変えようとしている。

「三島先生。あなた、生井沢さんが男性経験に乏しいことを知っていたんじゃないですか？」

　つばさは由起子を見た。由起子はニヤリと笑みを浮かべている。

「そうか。だからテーマを〝性愛〟に……。生井沢さんは見かけによらず男性経験、恋愛経験がない。すなわち〝性愛〟のテーマでは踊りようがない」

「いまさら気づいても遅いわ」

　先生先生が苦渋の色を見せる。

「珍しいわ」

　夕子がその顔を見てやはり苦渋の声を出した。

「クールな先生先生があれほど苦渋の色を見せるなんて」

「それほど〈和風研〉の危機なのでございます」

　苦斗が泣きそうな声で言う。

「でも先生先生、口では〝〈和風研〉がなくなってもかまわない〟なんて言ってたけど、ホントは〈和風研〉のこと心配してくれてるんだ」

「生井沢くんには男性体験はなかったのか！」

純粋にそのことだけを残念がっているようにも聞こえる。

「さあ生井沢さん。何をグズグズしているの？　問題は出されたのよ」

「はい」

桃香は消え入りそうな声で返事をする。

「生井沢さん。わが〈和風研〉の決まりは知ってるわね？　入部テストに合格しないと入部はできないの」

「三島先生に聞きました」

「だったら、踊って」

夕子の言葉に桃香はコクンとうなずく。それはまるで桃香から瞬間的に力が抜けたようにも見えた。

桃香が倒れる。

「生井沢さん！」

みなが桃香に駆けよろうとした刹那、桃香は顔を上げた。その顔はそれまでの自信のなさそうな顔から、精気に満ちた顔に一変していた。倒れそうだった軀にも筋が通り、桃香は踊りだした。

「これは……」

由起子が桃香の踊りを見て驚愕《きようがく》の表情を浮かべる。それほど桃香の踊りは見事だった。しかもそれは男女の〝性愛〟そのものを感じさせた。

「エロい……」

由起子が呟《つぶや》く。

「どうして男性経験のない生井沢くんにこれほどまでに見事な官能表現ができるんだ……」

先生先生と三島由起子が並んで桃香の踊りに見とれている。

一人で踊っているのに、まるで相手の男性がそこにいて睦みあっているような錯覚に陥る。

みな軀を硬くして踊りに見入っていると、桃香は唐突に踊り終わった。だがみな桃香の踊りに圧倒されて、反応することができない。

最初に反応したのは夕子だった。夕子がゆっくりと拍手をする。

「不合格」

由起子が言った。

「え⁉」

誰もが驚いた。

「どうして……あんな見事な踊りだったじゃないですか！」

苦斗が真っ赤な顔で抗議する。

「教えてください。どうして不合格なんですか」

苦斗が由起子に詰め寄る。

「たしかに見事なパフォーマンスだったわ」

「だったらどうして」

「生井沢さん」

「はい」

「あなたが見せたのはダンスじゃない。性愛そのものよ！」

由起子がビシッと桃香を指さした。

「ウッ」

夕子がたじろぐ。

「なるほど」

先生先生は事態を理解したようだ。

「生井沢くんのパフォーマンスは完璧だった。だが完璧故に、パフォーマンスの域を超えてしまった。生井沢くんが演じたのは〝踊り〟ではなく〝現実〟に昇華していたんだ」

「しょうか……」

夕子が呟いた。

〝昇華〟と呟いたのか〝そうか〟のダジャレなのか判断に苦しむが、つばさは〝昇華〟だと判断した。いや、そう思いたいだけかもしれない。

「そーゆーこと」

由起子が断を下すように言った。

「入部テストに不合格となった生井沢さんは〈和風研〉に入部することはできない。ゆえに〈和風研〉の部員数は規定の五名に一人足りない四名……すなわち〈和風研〉は消滅する」

「そんな」

「その理屈は通用しない」

「どうしてよ！」

先生先生の言葉に由起子がヒステリックに反応する。

「たしかに僕は三島先生に入部テストの問題を出すことを許可した。だがその合否の判断まで委ねたわけじゃない」

「問題を出したんだから、その合否は、当然、問題を出したわたしが下すべきものでしょう」

「ちがう」

先生先生は揺るがない。

「ヒミコ女学園校則第九十九条。入部テストの合否の決定は、部員もしくは顧問だけが下すことができる」

「ウ」

由起子が言葉に詰まる。

「どうする？　小田部くん」

先生先生は夕子を振りむいた。

「生井沢桃香さんの入部を許可します」

「やった！」

つばさとキララは抱きあい、跳びあがって喜んだ。

「覚えてやがれ！」

由起子は汚い言葉を吐くと部室を出ていった。

「よかったわ」

夕子がしみじみと言った。

「先生先生。ありがとうございます。たまには役に立つんですね」

「まず〝たまには〟は余計だ。部活は顧問がいなければ成立しない。よって僕は〝常に〟役に立っている」

「はいはいはいはいはい」

「〝はい〟は二回まででいい。統計上、そうなっている」

「はいはい」

「次に僕は決まりを守ろうとしただけだ」

「はいはい」

「でも桃香」

つばさは馴れ馴れしく下の名前を呼んだ。同じクラスだが、今まで話したこともなかったのに。同じ部に入ったということで急激に親しみが湧いたのかもしれない。

「なに？」

桃香が色っぽい声で応える。

「どうしてあなた、男性経験も恋愛経験もないのにあんなに〝性愛〟について見事に表現できるの？」

「それは……」

桃香は考える。

「たぶん、物語をたくさん経験してるから」

「え？」

「うち、読書が趣味なんです」

「読書……」

「はい。小説を読むのが好きなんです。それで、いろんな小説を読んで、いろんな経験をしているんです」

「そうか」

夕子が悟った。

「実体験はないけど、読書によって疑似体験をたくさんしてるってことね」

「はい」

「それが桃香くんにとって、血となり肉となってるわけか。興味深い」

先生先生がメモを取る。

「きっと桃香は人一倍、感受性が強いのよね」

「そうだな。だから同じ読書でも、人よりも自分の血となり肉となる効率がいいのかもしれない」

先生先生が考察する。

「もちろん漫画も読みますし、映画も観ます。テレビドラマも観ます。物語なら、なんでも好きなんです」

「すばらしいわ」

夕子が感心した。

「感受性が強い上に、物語の摂取量も人よりも何倍も多いというわけか」

空襲警報のようなサイレンが鳴り響いた。

「なにこれ？」

一年生トリオのつばさ、キララ、桃香は辺りを見回す。

――文化討論です。

校内放送が聞こえた。団子坂睦美の声だ。

――〈和風研〉に告ぐ！

睦美が叫ぶ。

「犯人に告ぐ、みたいに言わないでもらいたいわね」

夕子が冷静に反応する。

――明日、文化討論を行います。新入部員の入部は、それまで待ってもらいましょうか。

桃香が戸惑っている。

「どういう事でしょうか？」

「あなた、過去二回の文化討論を観てなかったの？」

「はい」

「あきれた。あなたって色っぽい顔をしてる割に意外と世間に疎《うと》いのね」

「すみません」

「文化討論というのはね」

ドアが開いた。

「校長！」

入ってきたのは功刀恭子校長だった。

「我が校で伝統的に行われてきた〈和風研〉と〈ＳＯＪ〉の公開討論よ」

いまさらながらに桃香が納得する。

「文化討論が宣言された以上、それを経ないで〈和風研〉に入部することはできないわ」

「そうなんですか？」

功刀校長はうなずいた。

「それが運命よ」

「してテーマは？」

「そうねえ」

功刀校長はニヤリと笑った。

「ここはニュースターをわが〈ＳＯＪ〉に歓迎する意味で出雲阿国としましょうか」

「あ、いま校長〝わが〈ＳＯＪ〉〟って言った」

「あわわ」

功刀校長が慌てて口を押さえる。

「本来、すべての生徒、サークルに公平であるべき校長が一つのサークル……〈ＳＯＪ〉に肩入れしていいんですか？」

「いいんです」

開き直った！

「わたしが校則です」

「言い切った！　美白化粧品会社社長の〝わたしが証明です〟みたいに」

「あるいは〝俺がルールブックだ〟と言いきったパリーグの審判だった二出川延明《にでがわのぶあき》みたいに」

つばさの言葉にキララが被せる。

「なるほど」

先生先生がニヤリと笑う。

「校長が〈SOJ〉の味方とは」

「あなたたちに勝ち目はないわよ」

「いいえ。こちらにも味方がいます」

「味方？」

「ええ」

先生先生は落ちついている。

「いるはずがないわ。校長であるわたしが〈SOJ〉に肩入れしているのよ」

開き直るにもほどがある。

「それに部長、副部長、新入部員である三女の父上であらせられる理事長も〈SOJ〉の味方」

「味方は私です」

部室のドアが開いた。ズングリムックリした中年男性が入ってきた。

「教頭！」

定森康夫《さだもりやすお》教頭だった。

「まさか、あなたが〈和風研〉の味方だなんて言うんじゃないでしょうね」

「いけませんか？」

功刀校長が驚愕の表情を浮かべる。

「どうして……」

「教育のためです」

定森教頭は言い切った。

「校長が〈SOJ〉に肩入れするのなら、教頭である私が〈和風研〉の味方をしなければ、不公平が著しい」

「教頭先生！」

夕子が定森教頭に抱きついた。

「だ、大胆！」

つばさの目が飛びでる。

「小田部くん！」

定森教頭も夕子をひしと抱きしめた。

「教頭先生、夕子先輩を抱きしめてるよ。押しのけるんじゃなくて抱きしめてる」

つばさが惚けたような声で言う。

我に返った夕子がようやく定森教頭を押しのけて躯を離した。

「教育のため？　偉そうに」

功刀校長の目が吊りあがる。

「定森教頭。あなたは校長であるこのわたしに逆らってまで〈和風研〉の味方をするつもり？」

功刀校長が定森教頭を睨む。

「そのつもりです」

定森教頭も一歩も引かない。

「いい度胸だわ。このわたしに逆らったらどうなるか。判ってるんでしょうね？」

「どうなるんです？」

定森教頭が不敵な笑みを漏らす。

「貴様……」

この学校の女教師は言葉遣いが少し悪いのではないだろうか？

「学校にいられなくなるわよ」

「それはどうでしょうか」

先生先生先生が口を出した。

「先生先生は黙っていなさい」

「たとえ校長といえども強制する権利はありません」

「妙な雰囲気になってきたわね」

つばさがキララの耳元で囁く。

「定森教頭はご存じかしら？　我が校が株式会社立校であることを」

「それが何か？」

「理事長である団子坂登氏およびそのグループが株式の半数を所有しているのよ。つまり理事長があなたを解任すると言ったら、あなたはこの学校を去らなければならない」

「定款《ていかん》では株主総会で株式額換算で六〇パーセント以上の賛成がないと教師を解任できないことになっています」

「理事長グループが五〇パーセントの株を保有しているのよ。後の一〇パーセントぐらい、何とでもなるわ」

定森教頭は笑みを浮かべている。

「何なの？　その余裕の笑みは？」

「実は」

定森教頭は咳払いをした。

「私はヒミコ女学園の株式の四〇パーセントを取得しました」

「なんですって！」

「つまり私も、筆頭株主の一人になったというわけです」

「ウソでしょ」

「本当です」

「いつの間に……」

「どうです？　私を勝手に解任になどできないのですよ。つまり〈ＳＯＪ〉にだけ肩入れする勝負は私が許さない。勝負はあくまで正々堂々と」

「わかりました。それでは正々堂々とした勝負をしましょう」

〝それでは〟なんだ。

「望むところよ」

団子坂睦美が入ってきた。

「団子坂さん……」

「ただし、覚悟しておくことね」

「何を覚悟するわけ？」

夕子が挑戦的な言葉を返す。

「今度の文化討論のテーマ〝出雲阿国〟に関しては、こっちには秘密兵器があるってことよ」

「あの、無駄でございます」

苫斗まで挑戦的な言葉を返す。

「無駄？」

「はい」

「苫斗さん。あなた、珍しく自信があるのね」

「だって、この生井沢桃香さんは、出雲阿国の子孫なんですから」

「知ってるわ」

知ってたのかよ！

「だから何？」

「え？」

「〈和風研〉ってこんなにおバカさんばかりだったのかしら」

「酷《ひど》いです。出雲阿国の子孫って、最強じゃないですか」

「最強よ。でも生井沢さんは、まだ〈和風研〉に入ったわけじゃないのよ」

「あ」

夕子が驚いた。

「入部テストに合格したってだけで、まだ入ったわけじゃない」

「入ります」

桃香が断言した。

「生井沢さん……」

苦斗が目を潤ませる。

「わたしは〈和風研〉の部長さんにスカウトされました。そして〈和風研〉に入る決心をしたんです。その気持ちに変わりはありません」

「ありがとう」

夕子が感激して桃香の手を握る。

「これを見てもまだそんなことが言えるかしら」

突然、部室の照明が落ちた。

「キャアアアア！」

睦美が叫んだ。

「ホラー劇場『真夜中の〈ＳＯＪ〉』」

睦美が言った。ナレーションだ。

「演出上、叫んだのか」

定森教頭が冷静に分析する。スクリーンに光が映写された。

「いつの間にスクリーンが！」

スクリーンには〈和風研〉の部室が映っていた。

「この部屋よ」

「チッ」

夕子が舌打ちする。

「勝手に人の部の部室に入って撮影したわね」

「作品を作るためには仕方がなかったのよ。芸術のためよ」

そう言いながらも睦美は悪びれた様子はない。

「家宅侵入罪で訴えることもできるのよ」

「そんなケチなことをしないと信じてるわ」

時に殊勝な言葉を吐く睦美だった。

「でもこの扱い、酷くありません？」

映しだされている部室は、特殊効果が施されているのか、おどろおどろしい暗い部屋だった。窓には蜘蛛の巣が張られ、窓の外には嵐が吹き荒れ、雷鳴が轟いている。

「去年の嵐の日に撮ったのよ」

「そんな前から！」

「♪　嵐の日も　彼とならば　お家が飛びそうでも」

一九七二年、南沙織《みなみさおり》のスマッシュヒット『純潔』をキララが歌った。

画面が明るくなった。

「これは！」

華やかな部室……〈ＳＯＪ〉の部室だった。

〈和風研〉の暗い部室から一転して〈ＳＯＪ〉の部室は明るかった。ピンクのカーテン、豪奢なソファー、完備された冷暖房設備……。

「天気のいい、うららかな春の日に撮ったの」

「小細工を……」

「当然でしょ」

「広い！」

綺麗なばかりではない。ビデオカメラが部屋中をパンするが、高級マンションの一室かと見まごうほどの広さだった。

ビデオカメラはさらに部室の奥の間に進む。そこにはバスルームがあった。

「バスルームまで！」

桃香が叫ぶ。

「どう？　生井沢さん。〈ＳＯＪ〉に入る？」

「入ります」

「生井沢さん！」

「決まりね」

「待った」

先生先生が声をかける。

「文化討論が宣言された以上、それが終わるまではどちらの部にも入ることはできない。そうでしたね？　校長」

「そうよ」

「だったら明日の文化討論の結果を待ちましょう」

「仕方がないわね」

功刀校長も認めざるをえない。

「戦いは明日の放課後」

睦美が夕子に言った。

「舞台は〈ＳＯＪ〉の部室。それでいいわね？」

「オッケーよ」

睦美と夕子の巨頭会談で戦いの時と場所が決定された。

＊

神楽坂の料亭で二人の男が杯を交わしていた。

「協力してくれ」

定森教頭が頭を下げた。

「困りましたね」

潮崎哲也《てつや》が苦笑する。

「君ならそれだけの資金力があるはずだ」

「そういう問題ですか？」

定森教頭は顔をしかめて猪口《ちょこ》の日本酒を一気に呷《あお》った。すかさず潮崎が徳利《とっくり》から注ぎたす。

「足りないんだ」

「ヒミコ女学園の筆頭株主だと啖呵《たんか》を切ったと聞いています」

「ハッタリなんだよ」

定森は項垂れた。

「どれくらいの株を所有しているんです？」

「三〇％だ」

「すごいですね。教頭は資産家だったんですね」

「株が趣味なんだ。それで築いた資産だよ」

「大したものだ」

「必死に研究したよ。君のように家が資産家というエリートとは違う」

「ボクはエリートじゃありませんよ」

「月星製薬の社長だろう、君のお父さんは」

「それは父の業績であってエリートの条件には入りません。エリートを名乗るには、あくまでボク自身の経歴が問われます」

「謙虚だな」

「常に研究を怠らないという定森教頭の姿勢は立派ですね。ボクも見習わなくてはいけません」

「運もよかった。最初に買ったのは五〇万円の株だった。それがたまたま高騰《こうとう》してね。味を占めた。それ以来、株に、はまってるんだ。いい時も悪い時もあったが、ある時、運が向いて大儲けした」

「その時の資産ですか」

「そうだ。だがこのところの不景気で、築いた資産が目減りしつつある」

「それなのにヒミコ女学園の株を全体の三〇パーセントも買ったんですか?」

「一発逆転の勝負をかけたんだ」

　定森教頭は日本酒をグイと飲んだ。

「だが三〇パーセントでは足りない。比率は常に動いている。ヒミコ女学園の株は上場こそされていないものの、店頭販売されている。つまり証券会社を通して誰でも自由に買うことができるんだ」

「三〇パーセントの大株主でも安心はできない」

「そういう事だ」

定森教頭は深刻そうな顔をして答える。

「そこで君にも、ヒミコ女学園の株を一〇パーセントほど購入してもらいたい」

「どうしてボクが？」

「〈和風研〉を守るためだ」

潮崎は噴きだした。

「何がおかしい？」

「ボクに〈和風研〉を守る義務はありませんよ」

「それはそうだが……。では言い換えよう。公正な教育を守るためだと」

「これ以上、笑わせないでください」

潮崎は本気で笑いを堪えている。

「笑わせているつもりはないが」

「定森教頭はそんな殊勝な人だったんですか？」

定森は答えない。

「株にのめりこんでいる定森教頭が、本気で〈和風研〉や教育のことを心配していると は思えません」

「失礼だな」

「気に障《さわ》ったのなら謝ります。でもヒミコ女学園の株を買ったのも、何か意図があってのことじゃないんですか？」

「意図とは？」

定森は潮崎の顔を覗きこむようにして尋ねる。

「ヒミコ女学園を乗っ取る、とか」

定森はゴクンと唾を飲みこんだ。

「違いますか？」

潮崎はニヤニヤとした顔で訊く。

「そうだと言ったら？」

「協力しましょう」

「本当か！」

「ただし条件があります」

「何だ？」

「もし定森教頭がヒミコ女学園を乗っ取った暁《あかつき》には、ヒミコ女学園の身体検査の時、ボクを女医の助手として任命してください」

「は？」

「ダメですか？」

「それだけでいいのか？」

「いま思いついたのはそれだけですか？」

定森教頭の口からホッと溜息が漏れた。

「それ以上、条件を継ぎたさないのなら、その条件、呑《の》もうじゃないか」

「難しい条件ですよ？」

「なぜだね？」

「まずボクには医師免許がありません」

「ふむ」

「それに男性です」

「なんとかなるだろう」

「楽観的ですね」

「理事長になるんだ。この学園のことなら自由にできる」

「この学園をよくするために現理事長の手からヒミコ女学園を取り戻すものだと思っていました」

「もちろん、そうだ」

定森教頭は咳払いをした。

「そのためには手段を選ばんということだ」

二人は乾杯をした。

＊

翌日の放課後……。

〈和風研〉のメンバー全員で〈ＳＯＪ〉の部室に向かった。

「ここが〈ＳＯＪ〉の部室……」

「あなたたちは初めてだったわね」

つばさとキララがうなずく。

〈ＳＯＪ〉の部室は、二階建てである二号棟の、二階部分をすべて使っていた。

夕子がドアをノックする。

「どうぞ」

中から声が聞こえた。睦美の声ではないような気がする。夕子がドアを開けると、部屋の中央の椅子に、一人の女生徒が坐《すわ》っている。

ショートヘアの可愛らしい少女だった。そればかりではない。笑顔が魅力的で天性の明るさを持っている。身長は一六〇センチに少し欠けるだろうか。顔は卵形で、パッチリとした目が好奇心を湛えてつばさとキララに注がれている。

その背後に、もう一人の女生徒が立っている。

「あなたは誰？」

つばささは坐っている女生徒に尋ねる。

「問われて名乗るも烏滸《おこ》がましいが」

女生徒は立ちあがると妙な節をつけて喋りだした。

「な、なに？」

「生まれは江戸城お濠端《ほりばた》。六つの時から電車通学。ルール破ってもマナーは守る」

「『白波五人男』！」

キララが鋭い目を女生徒に向ける。

「何なのよ、それ」

「歌舞伎の演目よ」

「歌舞伎……」

「作者は河竹黙阿弥《かわたけもくあみ》。悪で聞こえた美少年、弁天小僧菊之助《きくのすけ》を主人公としたピカレスクロマン」

「おもしろそう」

「菊之助は義賊の一団に入るんだけど、その義賊の頭目である日本駄右衛門《にっぽんだえもん》が捕り手に追いつめられたときに開き直って名乗りを上げる、そのときの口上をあの人は自分用にアレンジしながら演じているのよ」

「そうだったんだ」

「たとえば最後の部分、本当のセリフは〝盗みはすれど非道はせず〟だけど、盗みはしてないから『緑のハッパ』のフレーズを借りたのね」

「『緑のハッパ』?」

「THE BLUE HEARTSの曲よ」

「ご教示、ありがとうございます」

「危ねえその身の境界も、はや三年。ヒミコ女学園に隠れのねえ、歌舞伎研究会の首領、中村歌子《なかむらうたこ》」

そう名乗った女生徒は見得を切った。

「中村歌子さんか」

「後ろに控えているのは市川染子《いちかわそめこ》」

市川染子がお辞儀をする。中村歌子よりも背が高いが、どこかのっぺりした顔をしている。

「相変わらず場を弁《わきま》えない女ね。歌子」

夕子が歌子を睨む。

「部長。知ってるんですか？　中村歌子さんのこと」

「クラスメイトよ」

「そうだったんだ」

「どういう人ですか？」

キララが冷静に訊く。

「超セレブにして歌舞伎のエキスパートよ」

夕子が説明に戻る。

「歌舞伎町の女王……」

「歌舞伎町じゃなくて歌舞伎」

「椎名林檎《しいなりんご》じゃない方ですね」

「そういう捉《とら》え方はちょっと違うと思うけど」

「いずれにしろエキスパートなんですね？」

「いえ、それだけじゃ足りない。全身歌舞伎。生きた歌舞伎といっても過言ではない。なにしろ……」

夕子は歌子を見つめたまま言い放つ。

「この人の家は、代々歌舞伎の名門なのよ」

「ぴんとこな！」

キララが呟いた言葉はつばさにはピンと来なかった。

「キララ、何それ」

「〝ぴんとこな〟は歌舞伎界の言葉で〝悪ぶったところもあるけど、どこか一本筋の通った魅力を持つ男〟のことよ」

「へえ、そうなんだ」

漫画のタイトルにも使われているし、その漫画がドラマにもなった。

「それだけに中村歌子は歌舞伎のことなら知らないことなし」

「強敵ね」

「でも今回のお題は出雲阿国。歌舞伎とは関係ないんじゃ？」

「甘いわね」

功刀《なだれ》校長が現れた。その後ろには生井沢桃香の姿が見える。さらに放送部のクルーも雪崩こんでくる。

「功刀校長、何か不正行為をするかもしれないわね」

つばさの言葉にキララは頷いた。

「今回のテーマを発表します」

つばさはゴクリと唾《つば》を飲みこんだ。ドラムロールが鳴り響く。

「歌舞伎の始祖は女性だったのに、どうして現代の歌舞伎は男性だけが演じているのか？」

「なんですって！」

歌子が立ちあがった。

「中村さん、素で驚いてるわね」

「不正はなかったんだ」

「少なくとも問題に関してはね」

自分で〝少なくとも〟って言ってる！

「問題に不正はなくても、生井沢さんを囲いこんで校長自ら連れてくるなんて、許せないわ」

「そうよね。休み時間も校長室に呼んで、いっさいあたしたちと接触できないようにしてたし」

「今度は、わたしたちが先に攻撃させていただくわよ」

かわいい顔に似合わず歌子が図々しいことを言う。

「かまわないわ。今までうちらが先攻だったんだから」

夕子が承諾した。

「では」

そう言うと歌子は制服を脱ぎ捨てた。

「な、何をなさるの？」

下着姿になった歌子に、市川染子がすばやく赤地に花模様の着物を着せる。さらに腰から下には紫の袴のような着物を装着し、顔に白粉《おしろい》を塗り、赤く模様をつけ、目に黒く隈取りをする。

「これは……」

キララが驚愕する。

「『菅原伝授手習鑑《すがわらでんじゅてならいかがみ》』！」

「な、何それ」

「三大歌舞伎の一つです。歌子さんは、その中の松王丸《まつおうまる》の扮装をしたんです」

扮装を終えた歌子が目を大きく開く。

歌子が居住まいを正す。

「歌舞伎の始祖、出雲阿国は女性だったのに、どうして現代の歌舞伎は男性だけが演じているのか？」

歌舞伎の科白《せりふ》のような言い回しで問いを確認する。

「答えは明白」

「言ってみなさいよ」

「出雲阿国がやっていた阿国歌舞伎と、現代の歌舞伎は、あ、まったく別物だから」

「は？」

夕子が歌子を軽蔑《けいべつ》したような疑問符を発する。

「つまり出雲阿国は、歌舞伎の始祖でも何でもなかったってわけ。まったくの別物。別物だから現代の歌舞伎を男がやっていて当然。おわかりかな？」

夕子が噴きだした。

「ごめんなさい。現代の歌舞伎の始まりは出雲阿国だって完全に定説だもので。それを知らない中村さんをつい笑ってしまったけど、失礼だったわね」

今度は歌子が噴きだした。

「鮒《ふな》ね」

「え？」

「あなたたちは鮒よ。鮒だ。鮒生徒だ！」

「な、何を言ってるの？　あなた」

「『忠臣蔵』です」

キララが解説する。

「歌舞伎の最大の人気演目『忠臣蔵』の科白です」

「そうなんだ」

「吉良上野介《きらこうずけのすけ》が浅野内匠頭《あさのたくみのかみ》を罵倒《ばとう》する〝鮒《ふな》だ、鮒だ、鮒侍だ〟をなぞっているのよ」

もっとも実際の歌舞伎では、吉良上野介は高師直《こうのもろなお》、浅野内匠頭は塩冶判官《えんやほうがん》と名を変えてある。

「わたしがその定説を知らないと思って？」

今度は夕子が言葉に詰まった。

「わたしは歌舞伎のことなら何でも知ってる。当然、歌舞伎の創始者が出雲阿国だって言われていることも百も承知」

「だったらどうして出雲阿国と現代の歌舞伎が別物だなんて戯言《ざれごと》が言えるわけ？」

「まず基本的な歴史から教えてあげる」

歌子が上から目線で言う。

「出雲阿国は織豊期の女性芸能者よ。天正年間、そうね、関ヶ原の戦いより十五年ほど前かしら。出雲大社の巫女と称して神歌と踊りに簡単な所作を加えて阿国歌舞伎としたところ、爆発的な人気を得て模倣する者が続出したの。それが女歌舞伎へと発展してゆくのよ」

「あら、知識だけはあるのね」

「そしてそれが本物の遊女たちによる〝遊女歌舞伎〟へと発展する。でもこの興行には問題があった」

「それはそうよ。演じているのは遊女。つまり軀を売っている女よ」

「公序良俗に反する……。だから幕府から禁止されてしまうわ」

「遊女歌舞伎消滅ね」

「そう。代わって登場したのが若衆歌舞伎」

「若衆歌舞伎？」

夕子が訊いた。

「若い男が演じる歌舞伎。それも見目麗しき美少年が」

夕子がジュルッと口元の涎《よだれ》を手でぬぐった。

「その美少年たちが白粉をはたいて舞い踊る倒錯的な踊りが若衆《わかしゅ》歌舞伎よ」

「美少年ってことは、男……」

「そうよ。この時点で歌舞伎は男が演じるようになったわ。でもやがて若衆歌舞伎も禁止されて、そこで初めて、現代の歌舞伎の直接の先祖ともいうべき野郎歌舞伎ができるのよ」

「出雲阿国から自然な流れに思えるけど？」

「出雲阿国の歌舞伎踊りは大量の模倣者を生んで、さらに遊女歌舞伎まで変化していった。ここまでは自然の流れといえるけど、その流れはそこで途切れたんじゃないかしら」

「ええ？」

「だって、遊女歌舞伎の後に生まれた若衆歌舞伎は、演者が全員、男だもの。それに出雲阿国の女歌舞伎の本質は舞踏よね？」

「最初はそうだったわ」

「でもいつの間にか、いいえ、野郎歌舞伎になって歌舞伎は芝居が本質になってる」

「たしかに」

「つまり阿国歌舞伎と野郎歌舞伎では、本質的な点が二つも違っているのよ」

「二つ？」

「一、阿国歌舞伎の演者が女性だったのに対して、野郎歌舞伎の演者は男性である点。二、阿国歌舞伎が踊りメインだったのに対して、野郎歌舞伎は芝居メインである点。この二点を以て、阿国歌舞伎と野郎歌舞伎は全くの別物であることは明白」

　夕子の顔が蒼《あお》ざめる。

「野郎歌舞伎の特徴は、そのまま現代の歌舞伎の特徴よ。つまり、現代の歌舞伎の始祖は阿国歌舞伎じゃなくて、野郎歌舞伎なのよ！」

夕子は反論できない。

「なるほど。阿国歌舞伎はいったん消えて、別のところから野郎歌舞伎が発生したわけか。つまり出雲阿国と野郎歌舞伎、ひいては現代の歌舞伎に、直接の繋《つな》がりはない。つまり〝歌舞伎の始祖は女性だったのに、どうして現代の歌舞伎は男性だけが演じているのか？〟という設問の答えとしては〝現代の歌舞伎の始祖は阿国歌舞伎ではなくて野郎歌舞伎だから〟ということになるのかな？」

先生先生が敵である歌子の説を纏《まと》めあげた。

「その通りです」

「決まったわね」

どこからか睦美が現れて勝利宣言とも思える言葉を吐いた。

「現れたわね。さっきドラムロールのボイパが聞こえたから近くにいるんじゃないかとは思っていたけど」

「見学よ」

睦美はすぐに余裕を取り戻した。

「〈和風研〉が消滅する瞬間を見てみたかったのよ。映像じゃなくてこの目でね。その甲斐があったみたいね」

睦美は桃香に手を伸ばした。

「さあ生井沢さん。わが〈ＳＯＪ〉に入部手続きを」

「はい」

桃香がうなずく。

「ンンング！」

突然つばさが呻《うめ》き声を漏らす。

「な、なに？」

今まで余裕の笑みを浮かべていた歌子が顔を引きつらせる。声の方を見ると夕子がつばさにキスをしている。

「小田部くん！」

定森教頭が叫んだ。

「何をしているんだ」

「これには深いわけが」

夕子から唇を離したつばさがゼエゼエと肩で息をしながら答える。

「これはもう停学レベル……」

キララが呟いた。

「中村さん」

「なに？」

歌子はギョッとしながらも真顔になったつばさの呼びかけに問い返す。

「中村さんの説に一つ疑問があるわ」

つばさの目は鋭い光を放っている。

「成功ね」

ひと仕事終えた風情で夕子が苦斗に言った。

「つばさの頭脳がフル回転を始めたわ」

「これはいったい……」

「定森教頭。つばさに注目してください。今のつばさならやってくれます。中村歌子に逆襲してくれるはずです」

「しかし中村くんは生きた歌舞伎……。勝てるわけがない」

「何よ、疑問って」

歌子が警戒するような目つきで訊く。

「阿国歌舞伎も野郎歌舞伎も、どちらも歌舞伎という名称。別物なら、どうして名称が同じなのかしら？」

歌子が一瞬、答えに詰まった。

「そ、それはね」

ようやく答えを頭の中に探りだしたようだ。

「たまたま阿国歌舞伎も野郎歌舞伎も、歌舞伎って名前になってるから同じように見えるけど、それは、かぶいた連中がやってたから歌舞伎って名前がついただけだわ。両者に繋がりがあるからついたわけじゃない。だいたい歌舞伎という漢字は後世の宛字よ」

「え？」

夕子が動揺している。

「もともとは〝傾《かぶ》く〟から派生した言葉」

「かぶく？」

「かぶいた者をかぶき者というのよ」

「かぶくって何？　かぶき者って何？」

夕子がずいと前に出て質問した。

「夕子。あなた何にも知らないのね」

歌子が噴きだした。

「それでよく〈和風研〉の部長が務まるわね」

「歌舞伎はわたしの死角なのよ」

「死角が多いこと」

夕子がおっさんみたいな返事をすると、つばさにタッチを求め、場所を交代した。

「ほほう」

「かぶくっていうのは〝常識はずれ〟や〝異様な風体〟をすること」

歌子は鼻で笑った。

夕子に代わってつばさが前に出る。

「中村さんは〝阿国歌舞伎も若衆歌舞伎も、どちらもかぶいた者がやっていたから、たまたま同じ歌舞伎という呼び名になった〟と仰いましたけど、遊女歌舞伎も若衆歌舞伎も、どちらも踊りがメインのパフォーマンスよ。つまり同じ種類のパフォーマンス。繋がりはあるわ。遊女の〝歌舞伎〟を若衆もやったから〝若衆歌舞伎〟と呼ばれたんじゃなくって？」

「そうかもしれないわね」

夕子がつばさを援護する。

「北浦さん。わたしに反論した勇気だけは褒めてあげるけど、あなたの説では女だけのものだった歌舞伎が、男だけのものに一八〇度変わった理由が説明できないわよ」

「できます」

歌子が険しい顔をした。

「聞かせてもらいましょうか」

「では、いくわよ」

睦美がボイパでドラムロールをやりかけてハッとしてやめた。つばさの顔はやけに自信に満ち溢《あふ》れている。

「あんな自信ありげな北浦くんの顔を見たのは初めてだ」

定森教頭が呟く。

「大変！」

苫斗が腕時計を見て叫んだ。

「どうしたの？」

「覚醒してから十一分過ぎてます」

「ええ？」

「後二分でつばさの覚醒が終わります」

「まずいわ」

「君たち、いったい何を言ってるんだ？」

「いえ、何でもありません」

つばさが覚醒して脳がフル回転できるのは一回につき十三分だけ……。だがそれをいま定森教頭に説明している時間はない。

「急いで、つばさ」

夕子が両手を握りしめる
「もともと出雲阿国……すなわち女性が始祖である歌舞伎がどうして男性だけが演じるものになったのか？」

「どうしてよ」

「出雲阿国が男だったから」

「は？」

睦美と歌子は顔を見合わせた。

「何を言っているの？」

「そう考えればすべて辻褄《つじつま》が合うわ」

「そんなバカな」

「一六〇三年、出雲阿国が京都に現れるわ」

「関ヶ原の戦いの三年後……。奇抜なファッションに身を包んで、男装した阿国が遊女たちと戯れ踊る……そういう色っぽい出し物が人気を呼んだのよね」

阿国が男装をしていたことは〝阿国歌舞伎図〟によっても示されている。

「そうよ。でもどうして阿国は男装したのかしら？」

「え？」

「この踊りの呼び物は遊女たちの踊りよ。だったら阿国だって遊女の姿で踊ればいいんじゃない？」

「それは……」

　歌子は答えることができない。

「男装した理由はただ一つ」

　ぎこちないドラムロールが鳴り響く。夕子のボイパのようだ。それでもみんなの注目を十分に惹きつけたタイミングでドラムロールが鳴りやむ。

「出雲阿国が男だったからよ！」

　つばさはビシッと歌子を指さしていた。

「ウッ」

「マンボ！」

　歌子の言葉が詰まった「ウッ」という呻きにキララが合いの手を入れた。

「マンボのスタンダード曲『マンボNo.5』か」

　すかさずキララのオタク仲間と化している先生先生が解説をつけたす。

「一九四九年にペレス・プラードが発表した曲だ」

　キララと先生先生の遣りとりが耳に入らない様子で歌子が反撃する。

「だったら男のまま通せばいいじゃない。どうして女性のふりをしなきゃいけないわけ？」

「男性ではまずいでしょう」

「どうして？」

「遊女の話よ？　そこに本物の男がいたら生々しすぎるでしょう」

「たしかに」

先生先生が呟く。

「つばさ君の言説には理が通っている」

「ありがとうございます」

つばさは先生先生に丁寧に頭を下げ、頭を上げると歌子に視線を向けた。

「歌子先輩。当時は今のように自由な時代じゃなかったんじゃなくって？」

世間を惑わすような、公序良俗に反するような出し物は簡単に取りしまられてしまう可能性はある。男と女が遊女をテーマにした踊りを踊っていたら、あまりにも生々しすぎる。

「だから男である出雲阿国も女のふりをした……」

歌子が放心したような様子で呟く。

「そーゆーこと。阿国が女だったら、そのまま女として踊ればいいだけの話。でもあの時代、阿国はわざわざ男装して踊ったことになっている」

「それが歌舞伎踊り」

「かぶき者は簡単に言えば派手な衣装を着た不良のことよ」

「団子坂さんみたいな？」

「誰が！」

「かぶき者とは派手な衣装を着た不良でもあるけど、別の言い方をすれば前のめりな奴。時代の最先端をゆく異端児ね」

「なんとなく男性をイメージするわね」

「でしょ？」

「そうかしら？」

歌子は怯《ひる》まない。

「なんとなく男性をイメージするだけじゃ」

「遊女歌舞伎が若衆歌舞伎に代わったことをよく考えてみて。いくら女性の踊りが禁止されたからといって、男性の踊りがそれに代われるかしら？」

「え？」

「観客がいないのよ」

「観客？」

「遊女歌舞伎に熱狂した観客は男性でしょう。目当ては遊女たち」

「そう、ですね」

「その遊女目当てだった男性客たちが、男の踊りに夢中になるのかしら？」

「それは……」

「なるわけがないわ。観客がいなければ、踊りという興行は成立しない」

「だったらどうして成立したっていうの？」

「理由があったのよ」

「どんな理由よ」

「阿国歌舞伎が現代まで語り継がれて、また若衆歌舞伎を生むほど人気があったってことは、絶大な人気があったことよね」

「当たり前じゃない」

「それだけの人気があったってことは、男性客も女性客もいたんじゃないかしら」

「そうかしら」

「阿国歌舞伎が若衆歌舞伎にスムーズに移行したことからもそれは明らかよ」

「なるほど。若衆歌舞伎は男色の対象になる部分があったとしても、基本的には女性が観るものだからな。阿国歌舞伎の観客に女性が多数、含まれていたからこそこの移行は自然に成りたった」

先生《せんじょう》先生が解説する。

「女性客がいたからどうだって言うの？」

「阿国歌舞伎は遊女の踊り。なのにどうして女性客がいたのかしら」

「ウ」

歌子が再び答えに詰まる。

「なぜなら、出雲阿国が男だったから！」

「あ」

「決まった」

つばさがガッツポーズをする。

「そして若衆歌舞伎は、やがて芝居中心の野郎歌舞伎に移行するのですね」

苫斗が呟くように言う。

「そうよ。これで初めて、人々は官能的な踊りから、物語へと興味を移すのよ」

「物語……」

桃香が呟く。

「その流れの原点には、出雲阿国が男だったという事実があったってわけ」

桃香は頷いた。

「キェド」

「Q.E.D」

「生井沢さん」

功刀校長が桃香に声をかける。

「あなたは〈和風研〉と〈ＳＯＪ〉、どっちに入るの？」

「〈和風研〉に、入ります」

「やった！」

夕子が跳びあがった。

「これで〈和風研〉は存続よ！　そうですね？　校長先生」

功刀校長が無表情のままうなずいた。

「ジャスト十三分か」

先生先生が腕時計で確認をする。

「小田部さん」

功刀校長が視線を夕子に向ける。

「いい新入部員が入ったわね。それも三人」

「はい」

夕子はニッコリと笑った。

「ありがとうございます」

「まさか出雲阿国が男だったとは、お釈迦《しゃか》様でもご存じあるめえ」

歌子が『切られ与三』の科白を言った。

「出てって」

睦美が言った。

「文化討論は終わったわ。もうこの部室に用はないでしょ」

「そうね。行きましょう」

夕子は部員たちに声をかけた。その顔は、どこか晴れやかだった。

＊

つばさたちの目の前を派手な羽根飾りをつけたビキニ軍団が通り過ぎ、校舎内に消えた。

「ねえ、つばさ」

ビキニ軍団を眺めながらキララが声をかける。

「阿国歌舞伎の男性パートは現代の歌舞伎に引き継がれたけど、女性パートはどうしたのかしら？」

「え？」

「現代にはもう完全に消滅してしまったのかしら?」

「いいえ」

背後に立っていた夕子がゆっくりと首を横に振った。

「歌舞伎じゃない、別のものとして甦《よみがえ》っている」

「それは、何?」

「宝塚」

「あ」

「阿国歌舞伎の女性パート…? それは現代の宝塚にこそ見事に受け継がれているわ」

「たしかに」

定森教頭が相槌を打つ。

「次はわたしたちの番よ」

夕子が言った。

「てか出るんですか?」

「当たり前でしょ。何のために血の滴《したた》るような練習をしてきたと思ってるのよ」

「〝血の滲《にじ》むような〟です」

「〝滲む〟よりも厳しい練習ってこと」

「そこまで厳しくは……。てかどうして〈和風研〉が踊りの練習を……」

「それが日本文化を表現する方法でもあるからよ！」

夕子は人差し指を天に向かって伸ばした。校内に流れる音楽がサンバのリズムから音頭のリズムに変わった。

「行くわよ」

「てかこれ」

「のりピー音頭です」

キララが答える。

「まだレコードが幅を利かせていた一九八八年、昭和六十三年にCD、カセットテープのみで発売された酒井《さかい》法子《のりこ》の企画シングルです。EPレコードとしては制作発売されていません」

「行きます」

ミニの浴衣を着た生井沢桃香が踊りながら校庭に進みでた。

♪　みんな元気だ　マンモス・ゲンキ
桃香はすでに無我の境地になって盆踊りのリズムに興じている。

「見事だわ生井沢さんの踊り」

「わたしたちも行きましょう」

「そうね」

つばさも覚悟を決めて踊りだした。キララも不器用ながら踊りに加わる。

♪　のりピー音頭でピッピピンがピッ！

〈和風研〉の五人は、輪になって踊り続けた。

《主な参考文献》

＊本書の内容を予見させる恐れがありますので、本文読了後にご確認ください。

『千利休』芳賀幸四郎（吉川弘文館　人物叢書）
『松尾芭蕉』阿部喜三男（吉川弘文館　人物叢書）
『芭蕉　おくのほそ道』松尾芭蕉／萩原恭男校注（岩波文庫）
『芭蕉と旅する「奥の細道」』光田和伸監修（ＰＨＰ文庫）
『松尾芭蕉は忍者か』森崎益夫（発行所ＭＢＣ21／発売所東京経済）

＊その他の書籍、および新聞、雑誌、インターネット上の記事など、多数参考にさせていただきました。執筆されたかたがたにお礼申しあげます。ありがとうございました。

＊この作品は架空の物語です。

本書は、書き下ろし作品です。

著者紹介

鯨　統一郎（くじら　とういちろう）

1998年、『邪馬台国はどこですか?』でデビュー。以来、歴史だけではなく幅広い題材を用いて、次々と推理小説を発表している。著書に、『笑う娘道成寺《むすめどうじょうじ》 女子大生桜川東子《さくらがわはるこ》の推理』（光文社）、『タイムスリップ紫式部』（講談社文庫）、『努力しないで作家になる方法』（光文社文庫）、『幸せのコイン』（中公文庫）、『冷たい太陽』（原書房）など多数。

ＰＨＰ文芸文庫　歴史バトラーつばさ
私立ヒミコ女学園「和風文化研究会」

2014年７月22日　第１版第１刷

著　者　鯨　統　一　郎
発行者　小　林　成　彦
発行所　株式会社ＰＨＰ研究所
東京本部　〒102-8331 千代田区一番町21
文芸書籍課　☎03-3239-6251（編集）
普及一部　☎03-3239-6233（販売）
京都本部　〒601-8411 京都市南区西九条北ノ内町11
PHP INTERFACE　http://www.php.co.jp/
組　版　朝日メディアインターナショナル株式会社
印刷所　図書印刷株式会社
製本所　東京美術紙工協業組合

© Toichiro Kujira 2014 Printed in Japan
落丁・乱丁本の場合は弊社制作管理部（☎03-3239-6226）へご連絡下さい。
送料弊社負担にてお取り替えいたします。

ISBN978-4-569-76209-8

PHP文芸文庫

堀アンナの事件簿

ABCDEFG殺人事件

鯨 統一郎 著

カープ探偵事務所で働く堀アンナは、不幸にも聴力を失う一方、ある特別な能力に開眼する。あっと驚く遊び心あふれる連作ミステリー集。

定価 本体六八六円(税別)

堀アンナの事件簿2

安楽椅子探偵と16の謎

鯨 統一郎 著

少女探偵・堀アンナは聴覚を失ったかわりに手に入れたある特殊能力を駆使し、難事件を次々解決する。ユーモア満載の連作ミステリー。

定価 本体七四三円(税別)